Katleen Lohrmann
Die Schatten der Macht

AF210867

Katleen Lohrmann

Die Schatten der Macht

Polit-Thriller

Bibliografische Information der Deutschen Nationalbibliothek:
Die Deutsche Nationalbibliothek verzeichnet diese Publikation in der Deutschen Nationalbibliografie; detaillierte bibliografische Daten sind im Internet über http://dnb.dnb.de abrufbar.

Lektorat: Katleen Lohrmann

Verlag: BoD · Books on Demand GmbH, In de Tarpen 42, 22848 Norderstedt, bod@bod.de

Druck: Libri Plureos GmbH, Friedensallee 273, 22763 Hamburg

ISBN: 978-3-7693-1018-4

Inhaltsverzeichnis

Titel: "Die Schatten der Macht"

Kapitel 1 – Der Informant

Die Stadt lag unter einem bleigrauen Himmel. Ein beißender und kalter Wind wehte durch die Straßen. Er trieb vertrocknete Blätter vor sich her und ließ die Neonlichter in den Pfützen flackern. Es war eine dieser Nächte, in denen die Dunkelheit dicht und bedrohlich wirkte. Perfekt, um ungesehen zu verschwinden.

Mara Hoffmann zog die Kapuze ihrer Jacke tiefer ins Gesicht und blickte sich um. Die Gasse war menschenleer, abgesehen von einem streunenden Hund, der neugierig in einem überfüllten Mülleimer schnüffelte. Ihr Herzschlag beschleunigte sich, als sie das Café am Ende der Straße erblickte. Die heruntergekommene Bar mit ihren schmutzigen Fenstern wirkte wie der Schauplatz eines schlechten Krimis, doch sie hatte sich diesen Treffpunkt nicht freiwillig ausgesucht. Mara dachte bei sich: „Fünf Minuten, das hier wird maximal fünf Minuten dauern und dann bin ich wieder weg." Der Gedanke war beruhigend. Sie hatte schon einige riskante Treffen hinter sich gebracht, doch diesmal fühlte sich alles anders an. Irgendwie gefährlicher.

Sie öffnete die Tür. Eine Glocke über dem Eingang erklang, dumpf und verzerrt. Der Duft von abgestandenem Bier und kaltem Rauch schlug ihr entgegen. Das spärliche Licht der Neonröhren tauchte den Raum in einen fahlen Schein, der die müden Gesichter der wenigen Gäste noch älter aussehen ließ. Am hinteren Tisch saß ein schmächtiger Mann mit tief ins Gesicht gezogener Mütze und einem schwarzen Mantel, der ihm viel zu groß war. Er hielt eine Tasse Kaffee in der Hand und rührte mit einem silbernen kleinen Löffel darin. Als Mara näher kam, hob er kaum den Blick.

„Sind Sie Mara Hoffmann?" Seine Stimme war kaum mehr als ein Flüstern. Mara entgegnete: „Wer will das wissen?" Der Mann lehnte sich vor und seine dunklen Augen huschten sichtlich nervös durch den Raum. „Das geht sie nichts an, aber ich habe etwas Interessantes für Sie." Er schob ihr einen USB-Stick über den Tisch. „Hier ist alles drauf was sie brauchen. Auf dem Stick sind unterschiedlichste Namen, Konten und Transaktionen aufgelistet. Aber ich sage Ihnen, sollte das rauskommen, werden definitiv Köpfe rollen. Auch meiner."

Mara nahm den unscheinbaren Stick in die Hand. Es war ein simpler Gegenstand und er fühlte sich dennoch irgendwie schwer an. Immerhin schien dieses unscheinbare kleine Gerät extrem gefährliche und wichtige Informationen zu beinhalten. Sie fragte den unbekannten Mann: „Und woher soll ich wissen, dass die Informationen hier drauf wahr sind?" Der Mann lachte leise, aber es klang mehr wie ein bitteres Husten und sagte:„Vertrauen Sie mir, Sie werden es wissen, wenn es veröffentlicht wird. Aber, seien Sie vorsichtig. Sie beobachten uns alle."

Plötzlich weiteten sich seine Augen. Ein Schatten bewegte sich draußen vor dem Fenster, kaum mehr als eine flüchtige Bewegung im Schein der Straßenlaterne. Er fluchte: „Mist, sie sind hier!" Ohne ein weiteres Wort sprang er auf und rannte zur Hintertür. Stühle kippten um und der Kellner warf ihm einen verwirrten Blick zu. Mara blieb wie erstarrt sitzen, ihre Finger umklammerten den in ihrer Hand warm gewordenen USB-Stick. Sekunden später hörte sie draußen quietschende Reifen und ein dumpfes Geräusch, als ob etwas Schweres auf den Asphalt gefallen wäre.

Der Kellner trat mit geübten Bewegungen an ihren Tisch und fragte: „Ist alles in Ordnung, Miss?" Mara nickte mechanisch: „Ja, alles ist gut." Sie stand langsam auf und ging zur Tür. Die anderen Gäste sahen kurz auf, doch keiner schien sich wirklich für sie zu interessieren. Draußen war die Straße leer und es war nichts mehr von dem Mann zu sehen.

Ihr Blick wanderte zur Gasse neben dem Café. Die Laternen warfen von dort nur schwaches Licht auf die Gehwege. Vorsichtig ging sie ein paar Schritte in die Dunkelheit hinein. Es lag ein fauliger Geruch in der Luft und sie konnte kaum erkennen, was sich hinter den Müllcontainern verbarg. Plötzlich fiel ihr Blick auf den Boden. Dort lag ein Handy, das Display war teilweise zersplittert. Es war das Handy des fremden Mannes. Mara schluckte schwer und bückte sich, um es aufzuheben. Doch in diesem Moment hörte sie Schritte hinter sich. Ein schwerer Stiefel knirschte auf dem Asphalt.

Sie wirbelte schnell herum. Niemand war da. Ihr Herz hämmerte in ihrer Brust, während sie hastig das Handy an sich nahm und zurück in Richtung Hauptstraße lief. Der Stick in ihrer Tasche fühlte sich plötzlich wie ein brennender Klotz an. Als sie wieder in der belebten Straße stand, zog sie die Kapuze tiefer ins Gesicht und verschwand im Strom der Passanten. Noch wusste keiner, was sie da gerade erhalten hatte. Auch sie nicht.

Kapitel 2 – Die ersten Beweise

Mara war wieder in ihrer Wohnung angekommen und fühlte sich seltsam beobachtet. Die Straßenlaternen warfen fahles Licht durch die halb geschlossenen Jalousien und die Stille war fast beklemmend. Sie schloss die Tür hinter sich ab, sicherte die Kette und kontrollierte noch einmal das Schloss. Eine Gewohnheit, die sie aus ihrem Job übernommen hatte. Dann warf sie ihre Tasche auf den Tisch und zog den USB-Stick hervor. Er wirkte unscheinbar, schwarz und es fehlte jegliche Beschriftung, aber sie wusste, dass gerade die unscheinbaren Dinge gefährlich sein konnten.

Sie holte ihren Laptop aus dem Regal und setzte sich auf die gemütliche Couch. Nach einem tiefen Atemzug schloss sie den Stick an. Der Bildschirm flackerte kurz und ein neues Laufwerk erschien: "SILENT TRUTH". Sie dachte bei sich: „Na schön, dann zeig mal, was du drauf hast." Ein Ordner öffnete sich. Es waren keine Programme enthalten, nur Dateien, Excel-Tabellen, PDFs, Bilder und Hunderte von Dokumenten. Sie klickte auf die erste Datei: „Transferliste_Projekt_HADES.xlsx".

Vor ihr öffnete sich eine Tabelle mit endlosen Zahlenreihen und Kontoangaben. Sie runzelte die Stirn. Die Summen waren gewaltig. Millionenbeträge, die über Offshore-Konten in Steueroasen wie Zypern und den Cayman Islands geschoben wurden. Jede Überweisung war mit einem Kürzel versehen, das sie nicht entziffern konnte.

Mara scrollte weiter, bis ihr Blick auf eine Spalte fiel: „Empfänger: Aegis International". Der

Name ließ sie aufhorchen, denn sie kannte die Firma. Offiziell war sie ein Sicherheitsdienstleister, aber in Wahrheit eine dunkle Macht in der Welt der internationalen Politik. Ein Unternehmen, das für Regierungen Aufträge ausführte, die nie in den Nachrichten auftauchten.

Ihr Herzschlag beschleunigte sich. Das war kein einfacher Korruptionsfall mehr. Das war größer. Viel größer. Weitere Dateien enthüllten eine tödliche Wahrheit. Mara klickte auf ein PDF-Dokument: „Projekt HADES – Übersicht". Die ersten Zeilen ließen ihr das Blut in den Adern gefrieren.

> „Ziel: Stabilisierung politischer Einflusszonen durch gezielte Manipulation von Wahlergebnissen und Ausschaltung oppositioneller Kräfte."

> „Phase 1: Informationskontrolle und Überwachung potenzieller Bedrohungen."

> „Phase 2: Operative Maßnahmen – Zielpersonen neutralisieren."

„Auf was bin ich denn da gestoßen", murmelte sie und fuhr sich fahrig durch die Haare. Diese Dokumente waren kein Zufallstreffer. Sie enthüllten eine Operation, die systematisch politische Gegner eliminieren und die Kontrolle über kritische Ressourcen sicherstellen sollte. Und das alles unter dem Deckmantel nationaler Sicherheit.

Plötzlich vibrierte ihr Handy auf dem Tisch. Eine Nachricht von einer unbekannten Nummer erschien im Display: „Du bist zu weit gegangen, Mara. Wir beobachten dich." Ihr Atem stockte. Sie sprang auf und trat an das Fenster. Die Straße war menschenleer, nur das Summen der Straßenbeleuchtung durchbrach die Stille. Ihr Instinkt schrie: „Ich muss hier raus, sofort." Doch sie wusste, dass es jetzt kein Zurück mehr gab. Sie musste herausfinden, wer hinter Projekt HADES steckte. Sie musste die Wahrheit ans Licht bringen, bevor sie die nächste Zielperson wurde.

Kapitel 3 – Ein Verbündeter

Mara zwang sich, ruhig zu bleiben. Ihr Herz raste, ihre Finger zitterten leicht, als sie das Handy aus der Hand legte. Die Nachricht konnte ein Bluff sein. Sie konnte eine der vielen Methoden sein, um sie einzuschüchtern. Aber was, wenn es nicht so war? Sie öffnete den Stick erneut und kopierte die wichtigsten Dateien auf eine externe Festplatte. Sie erinnerte sich daran, dass ein Backup wichtig war. Sie hatte genug Geschichten gehört von Informanten, die verschwanden und mit ihnen die Beweise. Während die Dateien kopiert wurden, rief sie ein verschlüsseltes Kommunikationsprogramm auf.

Mara tippte hastig eine Nachricht an ihren alten Freund Elias Winter: „Melde Dich bitte dringend. Ich bin einer großen Sache auf der Spur. Ich muss dich unbedingt sehen. Wo bist du?"

Elias war einer der wenigen, denen sie vertraute. Er war ein ehemaliger IT-Experte der Regierung, der damals das System verlassen hatte, als es ihm zu gefährlich wurde. Wenn jemand diese Daten entschlüsseln und die Wahrheit aufdecken konnte, dann war er der Richtige dafür. Die Minuten zogen sich nur so dahin und es kam keine Antwort. Mara biss sich nervös auf die Ungterlippe und stand auf. Ihre blauen Augen suchten erneut das Fenster ab. Alles wirkte normal. Die gleiche, trostlose Straße. Die gleiche, flackernde Laterne. Doch das flaue Gefühl in ihrem Magen wurde, mit jeder Sekunde die verstrich, stärker und stärker.

Sie griff nach ihrer Tasche, steckte das Handy und die Festplatte ein und warf sich ihren dunkelblauen Mantel über. Sie dachte bei sich: „Wenn sie mich bereits beobachten, mache ich es ihnen besser nicht zu leicht." Sie stürzte aus der Wohnung und ließ die Haustür leise ins Schloss fallen. Sie entschied sich dagegen den Aufzug zu nehmen, da ihr dies zu riskant erschien. Stattdessen lief sie die Wendeltreppe eilig hinunter und hielt an jedem Stockwerk kurz inne, um zu lauschen. Noch folgte ihr niemand.

Draußen umfing sie die kalte Nachtluft wie eine Warnung. Mara hielt den Blick weit nach unten gesenkt und verschmolz mit den umliegenden Schatten, die sich in der Umgebung abzeichneten, während sie sich durch die Seitenstraßen schlängelte. Der altbekannte Trick, nie nur die Hauptstraße zu nehmen und immer in Bewegung zu bleiben, bewährte sich wieder einmal.

In einer Seitenstraße zog sie das Handy hervor. Es gab immer noch keine Antwort von Elias. Ein schwarzer SUV mit getönten Scheiben und einem nicht vorhandenen Kennzeichen fuhr viel zu langsam an ihr vorbei. Mara drehte sich hastig weg und ihr Schritt wurde schneller. Vielleicht war es nur Zufall, dass das Auto hier entlang fuhr, aber daran glaubte sie nicht wirklich. Sie bog in eine Gasse ein und duckte sich hinter einen Stapel Kisten. Das Geräusch von Reifen, die stoppten, ließ ihr den Atem stocken. Türen schlugen zu und Mara vernahm eine Männerstimme, die kalt und entschlossen klang. „Wir wissen, dass sie hier irgendwo ist. Sucht die Gassen ab.“

Mara presste sich gegen die Wand, ihr Herz hämmerte in ihrer Brust. Sie hörte Schritte, schwer und langsam, immer näher kommend. Sie griff in ihre Jackentasche und schaltete das darin befindliche Handy auf lautlos. Das kleinste Geräusch konnte sie verraten. Die Festplatte fühlte sich wie ein Fremdkörper an, sperrig und schwer. „Wenn sie mich finden, ist es vorbei", dachte sie. Die Schritte kamen näher. Ein Schatten bewegte sich nur wenige Meter entfernt von ihr. Maras Atem ging flach und jeder Muskel ihres Körpers war enorm angespannt, wie bei einer Katze, die ihre Beute beobachtet. Plötzlich vibrierte ihr Handy in der Tasche. Ein heller Lichtschein fiel auf die Wand neben ihr. Die Schritte hielten inne. Ein Mann rief: „Da drüben ist sie!" Mara rannte los.

Kapitel 4 – Flucht im Schatten

Mara rannte und ihre Schritte hallten in der engen Gasse wider, während ihre Augen hastig nach einem geeigneten Ausweg suchten. Links und rechts türmten sich Backsteinmauern, es gab keine Türen und keine offenen Fenster durch die sie hätte entkommen können. Die Gasse war wie ein endloses Labyrinth aus Dunkelheit und Kälte. Hinter ihr hörte sie die schweren Stiefel der Verfolger, die immer näher kamen. Ein weiterer Mann brüllte mit einer tiefen Stimme: „Schnappt sie! Sie darf nicht entkommen!"

Maras Lunge brannte, ihr Herz schlug wie ein Presslufthammer gegen ihre Brust, doch sie zwang sich weiter zu laufen. Sie wusste, dass sie keine Zeit hatte, um nachzudenken. Ein Zögern, eine falsche Entscheidung und sie würde enden wie der Informant.

Plötzlich tauchte vor ihr eine sich gabelnde Kreuzung auf, die nach rechts ins Lichtermeer der Hauptstraße führte und nach links in die tiefere Dunkelheit der Seitenstraßen. Mara zögerte, denn eigentlich war es unauffälliger, wenn sie sich im Schatten aufhielt. Sie musste sich links halten, immer links. Ihre Verfolger waren allerdings schneller als sie erwartet hatte. Schritte aus mehreren Richtungen drangen an ihr Ohr. Ihr wurde klar, dass die Männer, die sie verfolgten, sich aufgeteilt haben mussten. Sie fühlte die Panik in ihrem Magen aufsteigen.

Dann entdeckte sie eine Metallleiter, die an der Wand befestigt war und zu einem Flachdach führte. Ohne zu überlegen, sprang sie und packte die unterste Sprosse. Ihre Arme protestierten, ihre Finger wurden taub vor Kälte, doch sie zog sich hoch, Sprosse für Sprosse, immer schneller, während die Stimmen schnell näher kamen. Ein Mann brüllte: „Los, da oben ist sie!" Ein Schuss hallte durch die Nacht. Der Klang war ohrenbetäubend, der Einschlag des Projektils nur wenige Zentimeter neben ihr. Splitter von Backstein regneten auf sie herab. Mara biss die Zähne zusammen und kletterte weiter. Oben angekommen, warf sie sich flach auf das Dach. Sie presste sich gegen die kalte, raue Oberfläche und wagte kaum zu atmen. Unten konnte sie die Männer sehen. Drei, vielleicht vier, die sich hektisch umschauten und nach ihr suchten.

Der Mann mit der tiefen Stimme brüllte aufgebracht: „Sucht sie! Sie muss hier irgendwo sein!" Einer von den Männern hob sein Handy und rief jemanden an. „Wir brauchen Verstärkung. Sie ist auf den Dächern." Mara wusste, dass sie nur wenige Minuten hatte, bevor das gesamte Viertel abgeriegelt wurde. Sie rappelte sich auf, nahm Anlauf und sprintete wie eine geschmeidige Katze über das Dach. Ihre Schuhe fanden kaum Halt auf dem feuchten Boden des Daches, doch sie hielt gekonnt das Gleichgewicht. Ein weiterer Sprung folgte, dann noch einer, bis sie das nächste Gebäude endlich erreicht hatte.

Die Stadt erstreckte sich unter ihr wie ein Ozean aus flackernden Lichtern und Schatten. Ein falscher Schritt und der Abgrund würde sie verschlucken. Doch das war jetzt ihr geringstes Problem. Sie kletterte eine Leiter hinunter und landete in einer verlassenen Seitenstraße. Die Luft war erfüllt vom Klang ihrer keuchenden Atemzüge und sie spürte, wie der Adrenalinschub des Sprungs nachließ. Ihr Herz beruhigte sich langsam und schlug wieder in einer normalen Geschwindigkeit. Doch die Gefahr war noch nicht vorüber, das wusste sie.

Mara holte ihr Handy hervor, ihre Hände zitterten dabei. Und endlich, eine neue Nachricht, die von Elias kam, blinkte auf. Er schrieb: „Sicherer Treffpunkt. Alter U-Bahn-Tunnel, Eingang Ost, in 15

Minuten. Beeil dich." Mara nickte entschlossen, fuhr herum und verschwand lautlos im Schatten.

Kapitel 5 – Im Untergrund

Die Eingangstür zum alten U-Bahn-Tunnel war schwer zu finden. Sie war ganz mit Efeu überwuchert und hinter einem verrosteten Metallzaun versteckt. Es sah so aus, als hätte seit Jahrzehnten keiner mehr diesen Weg benutzt. Mara zwängte sich durch eine kleine unscheinbare Lücke im Zaun und ihr Herz fing wieder heftiger an zu schlagen aufgrund der steigenden Anspannung, die sich aufgrund der Ereignisse bahn brach.

Der Eingang des U-Bahn-Tunnels war ziemlich dunkel, da er nicht vom Licht der Straßenlaternen beleuchtet wurde. Nur das schwache Leuchten ihres Handybildschirms zeigte ihr den Weg. Sie tastete sich die einzelnen ziemlich abgetretenen Stufen hinunter, ihre Schritte hallten gespenstisch in dem leeren Raum wider. Die Luft war stickig und roch nach feuchtem Beton und altem Öl. Sie rief kleinlaut in die Dunkelheit hinein: „Elias?" Sie erhielt keine Antwort. Für einen Moment überlegte sie, ob das eine Falle sein könnte. Aber Elias war immer zuverlässig gewesen. Wenn sie jemandem vertrauen konnte, dann ihm.

Plötzlich hörte sie ein leises trippelndes Geräusch. Sie hörte Schritte, die ganz in ihrer Nähe waren. Jemand rief: „Mara?" Die Erleichterung, die Mara überkam, war plötzlich so stark, dass ihre Beine plötzlich unter ihr nachgaben und sie schwankte.

Elias Winter tauchte aus dem Schatten auf. Er war groß gewachsen, leicht hager, mit zerzausten Haaren und einem Bart, der ihn älter wirken ließ, als er war. Hastig kam er auf sie zu und hielt in der Hand eine kleine Taschenlampe, deren Lichtkegel direkt auf Mara gerichtet war. „Du siehst echt nicht gut aus", sagte er trocken. „Danke.", antwortete Mara leicht zynisch. Elias ließ das Licht sinken und deutete auf eine alte Bank am Rand des Tunnels. „Bitte, setz dich und erzähl mir alles."

Mara holte tief Luft und zog die Festplatte aus ihrer Tasche. Sie erklärte: „Hier ist alles drauf. Konten, Transaktionen, Dinge, die unter Verschluss bleiben sollen. Das Projekt nennt sich ‚Projekt HADES'. Es scheint um eine geheime Operation zur Manipulation von Wahlen und zur gezielten Ausschaltung politischer Gegner zu gehen." Elias nahm die Festplatte hoch und betrachtete sie kritisch in seinen Händen. Sein Gesicht blieb dabei unbewegt, aber die Augen verrieten seine plötzliche Anspannung. Er fragte: „Und wer steckt dahinter?" „Aegis International", antwortete Mara schnell. Der Blick von Elias begann sich langsam zu verdüstern. Er schaute sie mit ernstem Blick an und sagte: „Die gibt es immer noch? Ich dachte, die wären längst Geschichte." Mara entgegnete: „Offensichtlich nicht. Sie wissen, dass ich die Informationen habe. Sie haben mich verfolgt und ich bin vorhin nur knapp entkommen. Ich glaube, sie haben den Informanten getötet."

Elias stand auf und begann nervös auf und ab zu gehen. Seine Schritte hallten laut im U-Bahn-Tunnel wider. Wir müssen die Daten entschlüsseln, bevor sie uns finden. Wenn sie herausfinden, dass wir hier sind." Man merkte, dass er sich sichtlich Sorgen machte. Ein metallisches Klirren ließ sie beide innehalten. Das Geräusch war ein anderes, als das von den alten Rohren und Wänden des Tunnels. „Hast du jemanden mitgebracht?" flüsterte Mara aufgeregt. Elias schüttelte den Kopf und seine Augen weiteten sich. „Ich glaube sie haben uns gefunden", sagte er in wenig überraschtem Ton.

Das Licht der Taschenlampe begann zu flackern und im fahlen Schein der Lampe sah Mara eine flinke Bewegung am anderen Ende des Tunnels. Lange Schatten wurden an die Wand des U-Bahn-Tunnels geworfen, die sich leise und zielgerichtet auf sie zu bewegten. „Lauf!" schrie Elias, packte Mara unsanft am Arm und zog sie mit sich. Die beiden rannten tiefer in das labyrinthartige Netzwerk des stillgelegten Tunnels. Ihre Schritte hallten wie einzelne Trommelschläge durch die Dunkelheit. Die

Geräusche der Verfolger wurden lauter, ihre Stimmen trugen Befehle durch die Kälte. Sie riefen: „Teilt euch auf! Sie können noch nicht weit sein!"

Elias führte Mara durch eine schmale Passage, die fast wie ein geheimer Gang wirkte. Die Wände waren modrig und feucht, Teile davon bröckelten auf den Boden, sodass sich eine dicke Staubschicht auf ihm sammelte. Elias rief: „Hier entlang. Ich kenne einen Ausgang." Doch bevor sie den nächsten Tunnelabschnitt erreichten, blitzte eine weitere Taschenlampe ganz in ihrer Nähe auf. Mara erkannte die Silhouette eines Mannes, der die Waffe auf sie richtete.

Kapitel 6 – Tiefer im Untergrund

Der Lichtkegel der Taschenlampe blendete Mara für einen Moment und nahm ihr die Sicht. Die Silhouette des Mannes hob die Waffe und es ertönte ein metallisches, klickendes Geräusch, was durch den gesamten Tunnel hallte. „Keine Bewegung!", rief die Gestalt, dessen Stimme rau und bestimmt klang. Mara erkannte jetzt einen Mann, der sie finster anstarrte und rief: „Legt die Festplatte auf den Boden und hebt die Hände!" Mara wich langsam einen Schritt nach hinten, ihr Atem ging schnell und ihr Herz begann erneut zu rasen. Ihr Blick wanderte zu Elias, doch seine Augen blieben starr auf den Angreifer gerichtet. „Das ist deine letzte Warnung!", knurrte der Mann und trat einen Schritt näher. Elias lächelte kühl und entgegnete keck: „Meine auch."

In einer blitzschnellen Bewegung zog Elias eine kleine Metallröhre aus seiner Jacke, ein Taser, modifiziert und viel stärker als gewöhnlich. Ein Zischen erfüllte die Luft und blaue Funken sprühten durch die Dunkelheit. Der Angreifer zuckte unter dem überraschenden Angriff von Elias heftig zusammen und fiel bewusstlos zu Boden. Seine Taschenlampe rollte laut klappernd zur Seite. „Lauf!", rief Elias erneut und packte Mara am Arm. Doch diesmal reagierte sie anders. „Warte, Elias!" Sie sprang vor, schnappte sich die Pistole des Bewusstlosen und richtete sie auf den Tunnel hinter ihnen. „Wenn sie Verstärkung haben, brauchen wir mehr als nur deine Spielzeugwaffe."

Kaum hatte sie den Satz beendet, hörte sie weitere Schritte in der Ferne. Zwei Männer tauchten aus dem Schatten auf, ihre Waffen hatten sie bereits im Anschlag. „Mara, geh in Deckung!", schrie Elias und warf sich hinter eine Betonwand. Mara folgte seinem Beispiel. Einer der Männer feuerte blind einen Schuss in ihre Richtung. Das Echo der Waffe hallte durch den Tunnel und für einen winzigen Moment schien die Welt stillzustehen.

„Zwei weitere kommen von links!", rief Elias und lugte kurz über die Mauer. „Mara, ich versuche sie abzulenken, während Du zum Ausgang läufst."

„Vergiss es! Wir machen das zusammen!",
widersprach Mara und lud ihre eigene Waffe nach,
ihre Hände waren jetzt überraschend ruhig und
zitterten nicht einmal. Ihr Überlebensinstinkt
übernahm jetzt die Kontrolle. Die nächsten
Sekunden bestanden aus einem Wirbel aus
Schüssen und Lichtblitzen, die zwischen Mara und
Elias und ihren Angreifern hin und her flogen. Mara
bewegte sich mit ihrer Waffe am Abzug geschickt
zwischen den Säulen hin und her, den Angreifern
immer einen Schritt voraus und Elias gab ihr
zusätzlich Feuerschutz mit seiner Pistole. Einer der
Männer ging, getroffen am Bein, zu Boden, während
der andere Deckung suchte.

„Das ist der perfekte Moment. Nun haben wir
eine Chance!", keuchte Elias und deutete auf einen
Seitengang und schrie: „Wir müssen jetzt raus hier!"
Sie sprinteten los, die Tunnelwände verschwammen
zu einem einzigen grauen Strudel. Der Ausgang war
ein nahegelegenes Notausgangstor, leicht verrostet,
aber hoffentlich noch funktionstüchtig. Elias stieß
keuchend die Tür auf und die kalte Nachtluft schlug
ihnen entgegen wie eine Erlösung. „Los, los, los!",
drängte er. Doch bevor sie die Tür hinter sich
zuziehen konnten, hörten sie erneut Schritte. Einer
der Verfolger war schneller als erwartet. Seine
Silhouette zeichnete sich am Ausgang ab und er
schlüpfte ebenfalls durch das Tor.

Kapitel 7 – Dem Tunnel entkommen

Der Mann rief aufgebracht: „Nicht so schnell, ihr zwei." Die Stimme des Verfolgers hallte kalt und selbstsicher durch die Dunkelheit. Seine Waffe war direkt auf sie gerichtet und Mara spürte, wie die Zeit plötzlich langsamer lief. Sekunden dehnten sich zu einer Ewigkeit. Doch Elias reagierte blitzschnell. Ohne ein Wort packte er eine rostige Metallstange vom Boden und schleuderte sie in Richtung des Angreifers. Der Mann wich einen Schritt zur Seite und das genügte. „Jetzt!", rief Elias und zog Mara mit sich aus dem Tunnel hinaus.

Draußen umfing sie die kalte Nachtluft, schneidend und klar. Ihre Lungen brannten, doch sie liefen weiter, ohne nachzudenken oder zurückzublicken. Die Gasse war eng und dunkel, doch Elias führte sie sicher durch das Labyrinth der Seitenstraßen, immer tiefer ins Herz der verlassenen Industriezone. „Sind sie noch hinter uns?", keuchte Mara und warf einen Blick über die Schulter. Elias antwortete so hektisch, dass er sich fast verschluckte: „Keine Ahnung, aber wir bleiben jetzt nicht stehen, um das herauszufinden."

Sie überquerten eine stillgelegte Eisenbahnstrecke und bogen schließlich in einen verlassenen Lagerkomplex ein. Zwischen verrosteten Containern und überwucherten Gleisen fanden sie Deckung. Elias presste sich gegen eine Mauer und lauschte in die seltsam anmutende Stille

hinein. „Ich glaube, wir haben sie abgeschüttelt."
Mara ließ sich erschöpft neben ihm auf den Boden
sinken. Ihre Hände zitterten wieder ein wenig.
Diesmal nicht vor angst, sondern sie spürte noch
immer das Adrenalin, das in ihrem Körper pulsierte.

„Das war verdammt knapp." Elias nickte
zustimmend: „Zu knapp. Die wissen jetzt, dass wir
gefährlich sind. Und sie werden nicht aufgeben." Für
einen Moment hingen seine Worte in der Luft,
schwer und unausweichlich. Dann richtete sich Elias
langsam auf und sah Mara ernst an: „Wir müssen die
Daten so schnell wie möglich entschlüsseln. Und wir
brauchen Hilfe. Allein schaffen wir das nicht." Mara
atmete tief durch und nickte. „Ich kenne da
jemanden. Aber wir müssen vorsichtig sein. Wir
können nur noch wenigen Menschen vertrauen."
Elias sprach: „Dann sollten wir uns lieber beeilen." Er
klopfte sich den Staub von der Kleidung und grinste
schwach: „Willkommen in der echten Welt, Mara. Ich
denke es wird jetzt richtig ungemütlich." Mara
schnaubte zynisch: „Ja, irgendwie hatte ich so etwas
schon befürchtet." Sie standen auf und machten sich
wieder auf den Weg in die Dunkelheit der Straße.

Kapitel 8 – Der Zirkel

Der Konferenzraum war in Dunkelheit
gehüllt, nur das sanfte Glimmen des Bildschirms
tauchte die Gesichter der hier Anwesenden in

kühles Blau. Das Büro befand sich tief unter der Erde und war alles andere als gewöhnlich. Es wurde geschützt durch meterdicke Schallschutzwände und modernster Sicherheitsausrüstung. Am Kopf des langen Tisches saß Malte Gadget, einer der Chefs von Aegis International. Sein maßgeschneiderter Anzug saß perfekt und sein Gesicht war oberflächlich entspannt. Seine grauen Augen aber blickten starr und konzentriert auf den Monitor, als er die Berichte studierte.

„Also, was könnt ihr mir zu dem Vorfall sagen?", fragte er mit leiser, fast beiläufiger Stimme. Doch jeder im Raum wusste, dass diese Stimme gefährlicher war als jeder laute Befehl. Der Mann zu seiner Rechten räusperte sich: „Unsere Teams haben sie fast gehabt. Sie ist mit einem Begleiter in einem alten U-Bahn-Tunnel untergetaucht. Wir waren kurz davor, sie zu fassen, aber sie konnten entkommen." Varga hob eine Augenbraue und sah damit noch finsterer aus als ohnehin schon: „Sie sind entkommen?" Er sprach das Wort langsam aus, als würde er den Klang des Wortes genauer prüfen. „Das klingt wie eine Entschuldigung für euer Versagen." „Es war eine unvorhersehbare Situation…", begann der Mann, doch Varga unterbrach ihn mit einem leisen Lachen. „Unvorhersehbar?" Er lehnte sich zurück, legte die Fingerspitzen aneinander und lächelte kühl. „Wir sind Aegis International. Es gibt nichts Unvorhersehbares. Es gibt nur Inkompetenz."

Eine unangenehme Stille breitete sich im Raum aus wie giftiger Nebel. „Wer ist ihr Begleiter?", fragte Gadget schließlich. Ein anderer Mann, schlank und rasiert, tippte auf seinem Tablet herum und ließ ein Bild auf dem Monitor erscheinen. „Elias Winter. Ehemaliger Journalist. Wurde vor zwei Jahren wegen seiner Recherchen zu illegalen Operationen der Regierung gesucht und gefasst. Er konnte jedoch entkommen. Seitdem ist er abgetaucht. Wir sollten vorsichtig sein, denn er ist hochintelligent und unberechenbar." Gadget nickte langsam und andächtig: „Interessant, wir haben es also mit einem Idealisten zu tun. Gerade sie sind die Gefährlichsten, weil sie glauben, sie hätten noch etwas zu verlieren."

Er stand auf und trat an die große Glaswand, die den Raum vom Rest der unterirdischen Anlage trennte. Dahinter arbeiteten Dutzende von Analysten, über ihre Bildschirme liefen etliche Datenströme und Überwachungsaufnahmen. Gadget konstatierte weiter: „Wir müssen das beenden, bevor sie die Daten entschlüsseln können. Ich möchte, dass unser Sonderkommando auf sie angesetzt wird. Wir können uns keine Fehler erlauben. Wir dürfen keine Nachsicht mit ihnen haben. Macht sie kalt!" Er drehte sich um und sah den Anwesenden durchdringend in die Augen: „Und wenn das bedeutet, dass es notwendig ist, dass wir eine Stadt in Flammen setzen müssen, um sie zu erwischen, dann werden wir das machen."

Sein Blick blieb einen Moment an dem Mann hängen, der den Bericht erstattet hatte: „Enttäuschen Sie mich nicht noch einmal." Der Mann nickte steif, weil er genau wusste, was ihm sonst blühte. Dicke Schweißperlen perlten von seiner Stirn herunter und endeten auf einem Blatt Papier auf dem Tisch. Er antwortete kleinlaut: „Verstanden, Sir." Gadget wandte sich wieder dem leise ratternden Monitor zu, seine Lippen umspielte ein kaltes Lächeln. Er schien belustigt: „Wir jagen sie, bis es keinen Ort mehr gibt, an dem sie sich verstecken können."

Kapitel 9 – Das Netz der Kontrolle

Aegis International war kein gewöhnlicher Sicherheitsdienstleister. Offiziell galten sie als Berater für internationale Sicherheitsstrategien sowie als Experten für Cyberverteidigung und Terrorismusbekämpfung. Doch hinter der Fassade verbarg sich ein weltweites Netzwerk aus Intrigen, Korruption und Machenschaften, das sich wie ein unsichtbares Netz um die moderne Gesellschaft gelegt hatte. Ihre Operationen reichten von der gezielten Manipulation politischer Systeme bis hin zu verdeckten Militäreinsätzen in instabilen Regionen. Sie arbeiteten nicht für Nationen, sondern für jene, die am meisten bezahlen konnten: Konzerne, politische Bündnisse, Schatten-regierungen.

Die wichtigste Zentrale von Aegis International, die sie nur „Das Atrium" nannten, befand sich in einem Hochsicherheitskomplex mitten im Herzen von Genf. Von dort aus steuerten sie ein riesiges Netzwerk an Agenten, Informanten und subversiven Einheiten auf allen Kontinenten.

Hier folgt eine kurze Übersicht über die Methoden und Strategien von Aegis:

- Cyberkrieg: Aegis verfügt über die modernsten Hacker-Tools der Welt. Ihre Spezialisten könnten Wahlmaschinen hacken, Börsenkurse manipulieren und kritische Infrastruktur ganzer Staaten lahmlegen. Und das alles, ohne irgendwelche Spuren zu hinterlassen.

- Politische Einflussnahme: Über Strohmänner und Lobbygruppen lenken sie Politiker wie Schachfiguren. Es gibt kaum ein Land, in dem Aegis nicht wenigstens ein paar Schlüssel-positionen infiltriert.

- Gezielte Ausschaltung: Wenn Manipulation nicht reicht, wird ´Projekt HADES´ aktiviert. Dabei handelt es sich um eine geheime Operationseinheit, die dafür zuständig ist, „Probleme" endgültig zu lösen und das weltweit.

Hier einige Schlüsselpersonen der Organisation:

- Malte Gadget (Vorgesetzter)
  Einer der unangefochtenen Anführer von
  Aegis International. Skrupellos, brillant und
  mit einem militärischen Hintergrund, von
  dem die wenigsten genaue Details kennen. Er
  hat eine Vision von absoluter Kontrolle.

- Nora Zhang (Leiterin Cyberoperationen)
  Ein ehemaliges Wunderkind der Cyber-
  Security-Welt, das mit 16 Jahren bereits für
  die nationale Sicherheit gearbeitet hat. Unter
  ihrer Führung wurde das Cyberdivision-
  Programm von Aegis zu einer
  unaufhaltsamen Waffe.

- Colonel David Raines (Leiter Projekt HADES)
  Ein früherer Special Forces-Kommandant. Er
  ist kein Mann vieler Worte, sondern für
  effektive Ergebnisse. Er führt seine Einsätze
  mit chirurgischer Präzision und ohne
  Gewissensbisse durch.

Globale Präsenz:

- Europa: Manipulation politischer Wahlen in
  Osteuropa, Kontrolle der Energieversorgung
  durch Strohfirma-Netzwerke.
- Afrika: Finanzierung von Milizen, um Zugang
  zu seltenen Erden und Mineralien zu sichern.

- Asien: Wirtschaftsspionage und Cyberangriffe auf rivalisierende Konzerne.
- Amerika: Lobbyismus auf höchster Ebene, um Gesetze zugunsten ihrer Klienten zu beeinflussen.

Kapitel 10 - Ein geheimes Treffen

An einem dunklen und regnerischen Abend in einer luxuriösen Penthouse-Suite in Hongkong traf sich Nora Zhang mit einem Vertreter einer großen chinesischen Technologiefirma. Das Gespräch war kurz, präzise und hochexplosiv. „Die Daten, die Ihre Firma verschlüsseln soll, dürfen niemals öffentlich werden", sagte Nora und nippte an ihrem Glas. „Wenn das geschieht, sind Sie erledigt und wir auch.", fügte sie hinzu. Der Mann nickte nervös: „Wir verstehen uns. Ihre Festplatte wird nie das Licht der Öffentlichkeit erblicken." Nora lächelte kühl. „Gut. Aber nur um sicherzugehen schicke ich Ihnen ein paar Leute zur Unterstützung. Diskretion ist das Wichtigste."

Kapitel 11 – Keine Zuflucht

Mara und Elias hatten sich in einer alten, verlassenen Fabrikhalle am Stadtrand verschanzt. Der Raum war kalt und roch nach Staub und Maschinenöl. Zwischen rostigen Werkbänken und zerbrochenen Fenstern hatten sie sich eine provisorische Basis eingerichtet. Ein alter Laptop summte leise auf dem Tisch, während Mara konzentriert über die verschlüsselten Dateien auf dem USB-Stick brütete.

„Die Verschlüsselung ist absolut komplex", murmelte sie und fuhr sich frustriert durch die Haare. „Wer auch immer das programmiert hat, wollte definitiv sicherstellen, dass niemand das je knackt." „Klingt nach Aegis", meinte Elias und zog mit gespitzten Fingern an einer Zigarette, seine Augen waren unruhig auf die Fenster gerichtet. Er fügte, indem er pfeifend grauen Qualm ausatmete, hinzu: „Aber wenn jemand das schafft, dann du." Mara warf ihm einen kurzen Blick zu. „Das ist sehr schmeichelhaft von Dir. Aber eigentlich brauche ich wesentlich mehr Zeit."

Ein plötzliches Geräusch ließ sie beide erstarren. Ein dumpfes Poltern, irgendwo draußen im Schatten der Halle. „Hast du das gehört?", Elias stellte die halb gerauchte Zigarette in einem leeren Kaffeebecher ab und griff instinktiv nach seiner Pistole, die er aus dem Tunnel mitgenommen hatte. „Es könnte ein streunender Hund sein", flüsterte Mara, aber ihr Herz hämmerte bereits gegen ihre Rippen. „Oder vielleicht nicht.", Elias richtete den Lauf der Waffe auf den Boden und lief leise und etwas angespannt zur Tür. Er öffnete sie einen Spalt und spähte hinaus. Die Nacht war still, nur das

Surren der Hochspannungsleitungen über ihnen war zu hören.

„Es ist niemand hier", sagte er schließlich. „Aber wir müssen vorsichtiger sein. Aegis hat Mittel, uns zu finden, die wir nicht einmal ansatzweise verstehen." Mara nickte langsam und wandte sich wieder dem Bildschirm zu: „Ich bin fast drin, ich brauche nur noch ein paar Minuten." Die letzten Zeilen der Verschlüsselung lösten sich auf und plötzlich erschien ein Verzeichnis. Ihre Augen weiteten sich, als sie die Ordnernamen las. „Projekt HADES..." Mara klickte auf den ersten Ordner und begann zu lesen. Was sie sah, ließ ihr das Blut in den Adern gefrieren.

„Das ist eine Liste von Zielpersonen. Journalisten, Aktivisten, sogar Regierungsbeamte. Sie wurden alle eliminiert." „Ich hab's dir doch gesagt", sagte Elias düster. „Aegis spielt nicht nach irgendwelchen Regeln, die machen was sie wollen." Doch bevor Mara antworten konnte, begann der Laptop plötzlich zu piepen. Eine Warnmeldung erschien auf dem Bildschirm: „REMOTE ACCESS DETECTED." „Oh, nein. So ein Mist!", rief Mara und begann hektisch, die Verbindung zu kappen. „Sie haben uns gefunden!" „Wir müssen sofort weg". Elias schnappte sich die Festplatte und riss das Ladekabel aus dem Laptop. Er schrie fast: „Lass alles andere hier. Wir haben keine Zeit!"

Noch bevor sie die Tür erreichten, hörten sie das Brummen von Fahrzeugen draußen. Blaue Lichter flackerten durch die Fenster und schwere Schritte hallten durch die Nacht. „Sie sind schon hier...", flüsterte Mara. Elias sah sie mit einer Entschlossenheit in seinen Augen an, die ihr angst machte. „Dann kämpfen wir uns hier raus", rief er und lief zur Tür.

Kapitel 12 – Jagd durch die Nacht

„Hier lang!", rief Elias, während er Mara an der Hand zog und sie durch einen Seitenausgang der Fabrikhalle führte. Die kalte Nachtluft schlug ihnen ins Gesicht. Auf dem Hof standen verrostete Container, Ölfässer und, wie ein Geschenk des Himmels, ein verlassener Lieferwagen mit halb geöffneten Türen. „Schnell, steig´ in das Auto!", rief Elias, während er ebenfalls hinter das Steuer sprang. Mara kletterte hastig auf den Beifahrersitz und schlug die Tür zu. Ihre Stimme überschlug sich fast und war voller Zweifel: „Glaubst du, der springt auch an?" Elias grinste schief und drehte den Schlüssel im Zündschloss. Der Motor röchelte, hustete und sprang dann mit einem tiefen Grollen an. „Warum nicht?", entgegnete er keck. Hinter ihnen leuchteten die ersten Scheinwerfer auf, während die schwarzen SUVs von Aegis International auf das Gelände rollten. Eine Stimme, die aus einem Lautsprecher kam, dröhnte über den Hof: „Stop, anhalten! Sie können sowieso nicht entkommen!"

Elias trat das Gaspedal durch. Der Lieferwagen sprang nach vorne, die Reifen drehten durch, bevor sie endlich Halt fanden. Sie schossen vom Hof auf die Straße, gefolgt von den SUVs, deren Motoren wie Raubtiere in der Nacht brüllten. „Halte Dich gut fest!", warnte Elias, als sie mit quietschenden Reifen in eine enge Gasse einbogen. Die Mauern der Altbauten flogen nur so an ihnen vorbei. Es waren nur noch ein paar Zentimeter platz zwischen der Mauer und den Seitenspiegeln des Autos.

Mara warf einen Blick zurück und bemerkte: „Zwei von ihnen sind direkt hinter uns!" Elias entgegnete: „Aber nicht mehr lange." Er riss das Lenkrad heftig herum, so dass der Wagen um die nächste Kurve nahezu schlitterte und beinahe nur auf zwei Rädern stand. Das Auto ruckelte hin und her, Funken stoben auf, als der Unterboden des Wagens die Bordsteinkante streifte. „Da vorne ist eine Brücke", Mara zeigte auf eine schmale Brücke, die über das Bahngleis verlief. Sie sagte: „Wenn wir die Brücke erreichen, können wir sie vielleicht abschütteln."

Die SUVs kamen immer näher. Einer der Verfolger lehnte sich aus dem Fenster und richtete eine Waffe auf sie. Die ersten Kugeln prallten mit einem metallischen Knall vom Heck des Lieferwagens ab. „Sie schießen schon wieder auf uns?!", rief Mara. „Das ist doch kein verdammter Actionfilm!" „Es fühlt sich aber so an", erwiderte Elias und zog den Wagen scharf nach links, direkt auf die Brücke zu. Die Reifen quietschten, als sie über das Kopfsteinpflaster rasten. Ein schwarzer SUV versuchte, sie zu rammen, doch Elias wich mit einem gekonnten Manöver geschickt aus und drängte den Angreifer an die Brückenbegrenzung. Das schwere Fahrzeug des Gegners verlor die Kontrolle, überschlug sich und krachte funken stiebend in die Tiefe.

Mara hielt die Luft an. „Das war echt knapp." Doch der zweite SUV war noch da und ließ nicht locker. Der Verfolger beschleunigte sein Fahrzeug und versuchte erneut sie zu überholen. „Wir müssen ihn loswerden!", rief Mara. Elias blickte schnell zurück, dann wieder nach vorn. „Halt dich fest." Er trat das Gaspedal ganz durch, der Motor jaulte laut auf und sie rasten geradewegs auf eine Baustelle zu. Litzen, Betonbarrieren und Bauzäune blockierten den Weg. „Was machst du?!", schrie Mara fassungslos und erschrocken. Elias beruhigte sie mit den Worten: „Vertrau´ mir."

Der Lieferwagen krachte geräuschvoll durch die vielen Absperrungen, die überall herum standen. Die Reifen fanden keinen Halt mehr auf dem Boden und das Auto flog kurzzeitig durch die Luft. Der

Lieferwagen landete rumpelnd auf der anderen Seite der Baustelle. Staub und Schutt wirbelten um sie herum. Der SUV dahinter versuchte, dasselbe Manöver zu wiederholen, doch die Reifen fuhren über eine fest verbaute Kante, verlor die Balance und überschlug sich. Danach blieb der Wagen, die Räder noch rollend, auf der Seite liegen.

Elias bog scharf in eine in der Nähe befindlichen Seitenstraße ein und schaltete die Lichter aus. Das Fahrzeug rollte langsam und unauffällig, verborgen im Schatten der hohen Gebäude, weiter. Sie hielten den Atem an und warteten gespannt, ob sich draußen etwas rührte. Eine Minute verging, dann zwei. Aber hinter ihnen waren keine Verfolger mehr in Sicht. „Ich glaube, wir haben es geschafft", keuchte Mara, ihre Hände noch immer fest um den Türgriff des Autos geklammert. Elias nickte, atmete tief durch und ließ den Kopf gegen die harte Rückenlehne des Autos fallen. Erleichtert antwortete er: „Ja, für's Erste."

Mara warf einen letzten Blick zurück auf die leere Straße und stellte dann ernüchtert fest: „Das heißt, sie werden wieder kommen." Elias grinste schwach: „Das ist so gut wie garantiert." Kalter Schweiß perlte von seiner Stirn ab. „Aber beim nächsten Mal sind wir vorbereitet."

Kapitel 13 – Im Schatten der Nacht

Das Versteck war nicht mehr als eine kleine, abgelegene Dachgeschosswohnung in einem heruntergekommenen Viertel der Stadt. Die Fenster waren mit schweren Vorhängen verhangen, das Licht schien gedämpft in den Raum. Eine alte Standlampe in der Ecke flackerte gelegentlich, als hätte sie schon bessere Tage gesehen. Mara lehnte sich erschöpft gegen die Küchenzeile, ein Becher mit dampfendem Kaffee in der Hand. Ihre Hände zitterten noch leicht. Die Ereignisse der letzten Stunde hatten sie sichtlich mitgenommen. Elias stand am Fenster, öffnete mit spitzen Fingern einen schmalen Spalt im Vorhang und beobachtete die Straße darunter. Dann sprach er erleichtert: „Da unten bewegt sich nichts. Wir sind hier wohl erst einmal sicher."

„Sicher…", wiederholte Mara gedankenverloren und nahm einen Schluck Kaffee. „Was denkst Du, wie lange wir haben, bevor sie uns wieder finden?" Ihre Stimme zitterte leicht. Elias drehte sich langsam zu ihr um und zuckte dann kurz mit den Schultern. „Hmh", brummte er und sprach dann: „Es könnten nur ein paar Stunden sein, vielleicht aber auch länger. Aegis hat die Augen überall. Früher oder später werden sie zurück kommen." Mara seufzte, stellte den Becher langsam auf dem Tisch ab und rieb sich mit kreisenden Fingern die Schläfen. Sie sinnierte laut: „Wir brauchen einen Plan und zwar einen richtig guten. Wir müssen hier weg und überlegen, wie wir Aegis stoppen können." Elias nickte langsam und sagte: „Dazu müssen wir herausfinden, was sich in diesen Dateien befindet, die der Mann dir gegeben hat. Wir benötigen alle Informationen, jede Kleinigkeit könnte wichtig sein. Wir müssen nicht nur die Drahtzieher ausfindig machen, sondern auch nach etwaigen Schwachstellen suchen. Projekt HADES ist größer, als wir anfangs dachten."

Er setzte sich an den kleinen Küchentisch, zog die kleine silberne Festplatte, die etliche Daten beinhaltete, hervor und legte sie vor sich ab. „Aber bevor wir das machen, solltest du ein bisschen schlafen." Mara hob eine Augenbraue und bemerkte etwas aufgebracht. „Schlafen? Nach allem, was gerade passiert ist? Bist du verrückt?" „Ja, vielleicht. Aber Du bist müde und wir brauchen deinen klaren Verstand, wenn wir das durchziehen wollen. Also ruhe dich aus. Ich halte hier solange die Stellung." Sie wollte widersprechen, aber das schwere Gewicht auf ihren Schultern ließ sie innehalten. Er hatte recht. Ihre Augen brannten vor Müdigkeit und in ihrem Kopf machte sich so langsam Benommenheit breit. Sie sagte schläfrig: „In Ordnung, ein wenig Schlaf kann sicherlich nicht schaden. Bitte wecke mich, falls etwas passiert." Elias antwortete in einem mütterlichen Ton: „Na klar, versprochen. Ich hoffe ja, dass nichts passiert."

Mara ließ sich auf die alte, abgesessene Couch sinken, zog eine alte darauf befindliche Baumwolldecke über sich und schloss sanft die Augen. Der Lärm der Stadt draußen drang gedämpft zu ihnen durch die Fenster, wie ein ferner Herzschlag. Trotz der Anspannung überkam sie der Schlaf schneller, als sie erwartet hatte. Elias blieb am Tisch sitzen und hatte die Festplatte vor sich liegen. Der Blick irrte abwechselnd zwischen Bildschirm und Fenster hin und her. Er war nervös. In der Dunkelheit wirkten seine Gesichtszüge wesentlich härter, gezeichnet von älteren Erfahrungen, über die er selten sprach.

Elias lehnte sich in seinem Stuhl zurück. Die alte Pistole, die er nahezu immer bei sich trug, hatte er griffbereit neben sich gelegt. Seine Gedanken wanderten zurück zu den Zeiten, als er noch glaubte, die Wahrheit alleine könne die Welt verändern. Damals hatte er sich nicht vorstellen können, dass ihn die Suche nach dieser Wahrheit eines Tages hierher führen würde. Ein schwaches Lächeln zuckte über seine Lippen. „Schlafen, hmh?", murmelte er leise vor sich hin. „Ich wünschte, ich könnte auch so schlafen wie Mara." Draußen fuhr ein Streifenwagen langsam an der Straße vorbei, das Blaulicht spiegelte sich flüchtig im Fenster. Elias legte beschützend die Hand auf die Pistole und beobachtete interessiert, wie die Lichter in der Dunkelheit verschwanden. Erst dann lehnte er sich beruhigt und erleichtert wieder zurück. Fürs Erste waren sie in Sicherheit. Doch das Spiel hatte gerade erst begonnen.

Kapitel 14 – Kein Entrinnen

Mara schlief tief und fest, ihr Atem ging ruhig, als das dumpfe Knirschen von Schuhsohlen über den Flur sie aus der Dunkelheit riss. Sie öffnete die Augen, die Wohnung war noch in Finsternis gehüllt, doch irgend etwas fühlte sich falsch an. Ein weiteres Geräusch war zu hören. Diesmal vernahm sie ein leises Klicken, als ob jemand das Schloss manipulierte. „Elias", flüsterte sie angsterfüllt und setzte sich auf. Dieser war bereits alarmiert. Seine Augen waren auf die Tür gerichtet, seine Hand ruhte fest um den Griff der Pistole. Er legte mahnend einen Finger an die Lippen und bedeutete ihr ganz leise zu bleiben. Dann hörten sie es. Ein sanftes Piepen, gefolgt von einem metallischen *Klick*. Jemand hatte das Türschloss überbrückt. Die Tür öffnete sich langsam und quietschend und ein schmaler unscheinbarer Lichtstrahl fiel in die Wohnung. Schatten bewegten sich lautlos durch den Eingang.

„Mara, runter!", zischte Elias, gerade als die erste Salve von Schalldämpfer-Schüssen die Stille zerriss. Kugeln schlugen in die Wand hinter ihnen ein. Mara warf sich auf den Boden und kroch auf allen Vieren hastig hinter die alte Couch. Sie rief: „Oh nein, sie haben uns gefunden!" „Viel zu schnell", erwiderte Elias und feuerte zwei Schüsse auf die Eindringlinge. Einer der Männer taumelte benommen zurück, doch mindestens drei weitere drängten in die Wohnung.

„Wir müssen hier so schnell wie möglich raus!", rief Elias und deutete auf das kleine Badezimmerfenster. „Geh´da rein, ich versuche sie aufzuhalten!" Doch Mara rief darauf: „Vergiss es, Elias. Ich lasse dich nicht hier!" Elias warf ihr einen scharfen Blick zu. „Ich führe jetzt keine Diskussionen mit Dir. Geh´ endlich zum Badezimmer, los!" Mara wollte noch etwas entgegnen, zögerte aber dann doch, sprang und rannte durch die Wohnung in Richtung des Badezimmers. Kugeln pfiffen an ihrem Gesicht vorbei, während Elias weiter hastig Deckungsfeuer gab. Sie erreichte das Badezimmer, riss das Fenster auf und zwängte sich hindurch. Kalte Nachtluft schlug ihr entgegen. „Beeil Dich, Elias!", rief sie von draußen.

Elias duckte sich gekonnt, feuerte einen letzten zielgenauen Schuss und sprintete in ihre Richtung. Doch gerade als er das Fenster erreichte, packte ihn eine eiskalte Hand an der Schulter. Ein Agent von Aegis zog ihn unsanft zurück. Sein Gesicht war wie versteinert und seine Augen kalt. Elias reagierte instinktiv. Er rammte dem Mann seinen Ellbogen ins Gesicht, drehte sich um und trat ihm das Knie weg. Der Agent brach in sich zusammen und Elias kletterte schnell durch das

Fenster. „Lauf, Mara!", rief er, als Mara ihn am Arm packte und sie gemeinsam die schmale Feuertreppe hinunterstürzten. Hinter ihnen hörten sie die Verfolger durch das Haus stürmen.

Die Straße vor ihnen war menschenleer, das Mondlicht tauchte die Gebäude in ein gespenstisches Grau. „Wohin jetzt?!", fragte Mara nach Atem ringend. Elias sah sich um. „Am Besten laufen wir in die U-Bahn-Station. Da kennen wir uns aus und können erst einmal wieder untertauchen." Sie sprinteten die weitläufige Straße hinunter, ihre Schritte hallten wie ein Echo in der Stille. Weit entfernt hörten sie das Kreischen von Reifen, die gegnerische Verstärkung war bereits auf dem Weg.

Als sie die Treppe zur U-Bahn-Station erreichten, sprang Mara wendig über die Drehkreuze und rannte hastig die Rolltreppe hinunter. Der menschenleere Bahnsteig lag vor ihnen. Die Elektrik der Neonlichter flackerte unruhig und es ging von ihr ein monotones Summen aus. „Was ist wenn sie hier unten sind?", fragte Mara völlig erschöpft. „Dann müssen wir improvisieren", antwortete Elias selbstsicher. Er blickte abwechselnd in die verschiedenen Gänge des großen U-Bahn-Tunnels und sagte: „Wir müssen hier weg, bevor der nächste Zug kommt."

Sie verschwanden im Schatten des Tunnels, ihre Umrisse wurden weitestgehend von der Dunkelheit verschluckt. Hinter ihnen vernahmen sie hallende Schritte, die durch die leere Station bedrohlich klangen. Die Hintermänner von Aegis waren nicht weit von ihnen entfernt.

Kapitel 15 – Unter der Stadt

Der Tunnel roch moderig, war feucht und stickig. Sie befanden sich in einem Labyrinth aus Dunkelheit und endlosen Schienen. Das Summen der elektrischen Leitungen und das entfernte Rattern eines U-Bahn-Zuges verstärkten die bedrückende Atmosphäre. Mara stützte sich schwer gegen die Tunnelwand und versuchte, ihren rasselnden Atem zu beruhigen. Ihre Lungen brannten und ihr Herz schlug wie ein Presslufthammer. Sie keuchte: „Ich, brauche, eine Sekunde". Elias blieb ebenso nach Luft ringend neben ihr stehen und lauschte angestrengt in die Dunkelheit hinein. Sein Blick war wachsam, seine Pistole hatte er weiterhin griffbereit an seinem Gürtel hängen.

Er sagte entschlossen: „Wir haben nicht viel Zeit. Wenn wir uns zu lange hier verstecken, treiben sie uns in die Enge." Mara entgegnete: „Ich weiß", ihre Stimme zitterte leicht vor Erschöpfung. „Aber wenn ich jetzt weiterlaufe, breche ich zusammen." Elias nickte widerwillig und zog sie sanft in eine kleine Nische in der Tunnelwand. „Okay, wir ruhen uns hier ein wenig aus. Ich halte Ausschau nach unseren Verfolgern." Mara ließ sich auf den Boden sinken und zog die Knie fest an die Brust. Die Kälte des Bodens kroch durch ihre vom Schweiß feucht gewordene Kleidung, doch auch das war ihr in diesem Moment egal. Alles war besser, als weiterzulaufen, bis ihre Beine nachgaben.

„Hättest du jemals gedacht, dass Dein Leben so endet?", fragte sie leise und schaute zu Elias hoch. Er grinste sie schief an und erwiderte: „Warum endet? Wer sagt denn, dass es endet? Das hier ist wahrscheinlich nur das nächste Kapitel." Mara entgegnete zynisch: „Du bist ja sehr optimistisch für jemanden, der gerade von einem internationalen Netzwerk gejagt wird." Elias antworte darauf: „Ach quatsch, ich nenne es Überlebensinstinkt." Er ließ seinen Blick durch den Tunnel schweifen und fügte hinzu: „Außerdem hatten wir schon schlechtere Tage." Mara hob erstaunt eine Augenbraue. „Ach, wirklich? Ich dachte, das hier wäre ziemlich weit oben auf unserer Liste." Elias schmunzelte und setzte sich neben sie. „Erinnerst du dich an Marseille?" Mara stöhnte. „Oh nein, das war furchtbar." „Ja, aber wir haben es überlebt." „Nur knapp. Und ich musste sechs Wochen lang diesen fiesen schmierigen Ölfilm aus meinen Haaren waschen." Ein schwaches Lachen entkam ihr und für einen Moment schien die Dunkelheit nicht mehr ganz so erdrückend. Doch das Lächeln verschwand, als sie plötzlich Schritte hörten. Leise, gedämpft und kaum wahrnehmbar, aber eindeutig. Sie kamen von hinten auf sie zu. Elias stand sofort auf, sein Blick wurde wieder hoch konzentriert und scharf. Er bemerkte: „Sie sind fast bei uns."

Mara griff nach seinem Arm, zog sich an ihm hoch und sagte resigniert: „Heute haben wir wohl keine Zeit mehr für eine Anekdote aus alten Zeiten. Wir sollten weiter gehen." Elias bestätigte: „Das hast Du gut erkannt, wir müssen hier weg." Sie schlüpften wieder in die Dunkelheit des Tunnelgangs und bewegten sich schnell und nahezu lautlos an den Wänden der Gleise entlang. Über ihnen summte das schwache, grüne Licht der Beleuchtung, die den Weg in Richtung des Notausgangs wies.

„Wenn wir die nächste Wartungstür erreichen, kommen wir vielleicht auf die Straße zurück", flüsterte Elias verheißungsvoll. Dann fügte er flüsternd hinzu: „Da oben finden sie uns vielleicht nicht so schnell." Mara nickte und warf einen letzten Blick zurück in die Station. Sie sah, wie sich die Schatten der Hintermänner von Aegis langsam auf sie zu bewegten und immer näher kamen. Doch noch hatten sie einen kleinen Vorsprung. „Lass uns verschwinden, bevor sie uns entdecken", sagte Mara entschlossen. Sie fanden eine Treppe, die zu einer alten, rostigen Wartungstür führte.

Kapitel 16 – Im Herzen der Stadt

Die Wartungstür war recht schwer zu öffnen, aber Elias stemmte sich dagegen, bis sie mit einem ächzenden Knarren aufsprang. Dahinter führte eine schmale Treppe nach oben, die von einer einzigen, flackernden Glühbirne beleuchtet wurde. „Endlich wieder frische Luft, ich konnte da drin kaum atmen", murmelte Mara und hastete die Stufen hinauf, dicht gefolgt von Elias. Sie erreichten die Straße und traten in eine schmale Gasse, die nach Abgasen und abgestandenem Wasser roch. Die Geräusche der Stadt empfingen sie wie ein dröhnendes Konzert. Sie hörten das Kreischen von Bremsen, ein dumpfes Stimmengemurmel und weiter entfernt das Hupen von zahlreichen Fahrzeugen. Elias sagte: „Wir müssen uns unter die Menschen mischen. Dann können sie uns nicht entdecken." Mara nickte und sagte: „Lass uns in Richtung des Marktviertels gehen. Um diese Uhrzeit ist es immer noch sehr voll und sie entdecken uns nicht so schnell."

Sie schlüpften aus der Gasse und mischten sich unter die Menschen auf der Hauptstraße. Neonlichter warfen bunte Reflexe auf den nassen Asphalt. Die Luft war erfüllt mit dem Lärm von vorbeifahrenden Fahrzeugen und dem Geruch nach gekochtem Essen aus den nahegelegenen Bistros.

Mara zog die Kapuze ihrer grünen Jacke tief ins Gesicht, ihre blauen Augen suchten unablässig die Umgebung ab. „Meinst du, sie sind schon hier oben?", fragte sie aufgeregt. „Sie sind uns nach wie vor auf den Fersen", antwortete Elias ruhig. „Aber in der Menge haben wir einen Vorteil. Wenn wir uns unauffällig verhalten, verlieren sie unsere Spur." Sie bewegten sich schnell, aber scheinbar beiläufig, durch die sich zäh fortbewegende Menschenmenge. Eine Gruppe junger Leute lachte laut, während ein Straßenmusiker seichte Rockmusik auf seiner Gitarre spielte. Ein Verkäufer pries gebrannte Mandeln an und eine Frau schob einen blauen Kinderwagen, mit einem weinenden Baby darin, an ihnen vorbei. Die Stadt wirkte so normal und lebendig. Es war ein trügerischer Kontrast zur drohenden Gefahr, die im Schatten lauerte.

Mara spürte ein instinktives, kaltes Kribbeln im Nacken und ihr Bauchgefühl sagte ihr, sie waren nicht allein. „Drei Uhr, schwarzer Mantel", murmelte sie unauffällig zu Elias, ohne den Kopf zu drehen. „Er folgt uns seit zwei Blocks." Elias warf einen schnellen Blick in die reflektierende Scheibe eines Schaufensters. Er antwortete leise: „Ich sehe ihn. Und noch zwei weitere hinter uns." Mara erschrak: „Oh, nein." Sie beschleunigte ihren Schritt und fragte alarmiert: „Was machen wir jetzt?" „Wir trennen uns", sagte Elias entschlossen. „Ich lenke sie ab, du gehst zu unserem geheimen Treffpunkt. Die alte

Lagerhalle am Hafen, erinnerst du dich?" „Elias, das ist verrückt! Was, wenn sie dich erwischen?" „Das tun sie nicht, vertraue mir." Er schenkte ihr ein kurzes, aufmunterndes Lächeln. „Wir haben das doch schon einmal durchgestanden." Mara wollte noch protestieren, doch die Entschlossenheit in seinen Augen ließ wieder einmal keinen Raum für derartige Diskussionen. „Okay. Aber bitte sei vorsichtig." Elias nickte und drehte sich um. Er ging in eine andere Richtung, ließ Mara stehen und verschwand unauffällig in der Menschenmenge. Er merkte, wie sich seine Verfolger ebenfalls in seine Richtung in Bewegung setzten.

Mara atmete tief durch und verschwand daraufhin in einer Seitenstraße. Ihre Schritte wurden schneller, ihre Gedanken rasten. Der Hafen war nun nicht mehr weit. Sie musste nur durchhalten bis Elias nachkam. Doch irgendwo tief in ihrem Inneren nagte eine Frage an ihr: „Was, wenn er es diesmal nicht schaffte?"

Kapitel 17 – Allein gegen die Schatten

Elias bog scharf in eine Seitengasse ab, die Schuhe schlugen laut auf das nasse Kopfsteinpflaster. Die Straßenlichter flackerten über ihm und das Echo seiner Schritte hallte wie ein ständig pochender Puls in seinen Ohren. Hinter ihm hörte er die Verfolger. Es waren mindestens drei Männer, sie bewegten sich schnell und gut konditioniert. Elias drehte den Kopf, gerade rechtzeitig, um einen schwarzen SUV zu sehen, der langsam an der Hauptstraße entlang rollte. „Was wollen die von mir?", murmelte er geistesabwesend in sich hinein. Er erhaschte im Laufen einen kurzen flüchtigen Blick auf seine umliegende Umgebung und sah, dass die Gasse in ein enges Netz kleinerer Straßen führte. Sie wurde flankiert von hohen Wohnblöcken. Das war perfekt für ihn und sein Vorhaben. Er schoss auf die Metallleiter einer Feuertreppe zu, sprang hoch und packte sie mit beiden Händen. Kaum hatte er die erste Stufe erklommen, schlugen zwei Schüsse in die Wand unter ihm ein. „Elias Moore! Bleiben Sie stehen!", rief eine Stimme. Sie klang kalt und entschlossen. Es war einer der Agenten von Aegis. „Das könnt ihr vergessen!", schrie Elias und kletterte noch höher.

Elias kletterte die gesamte Feuertreppe hoch, nahm immer zwei Stufen auf einmal, bis er das Dach erreichte. Die Stadt breitete sich vor ihm aus wie ein endloser Dschungel aus Beton und Neonlichtern. Der Wind zerrte an seiner Jacke, während er sich von einer Ecke zur nächsten über das Dach bewegte. „Er ist da oben", hörte er einen der Männer rufen. Unten sprangen die Verfolger ebenfalls auf die Feuertreppe, um auf das Dach zu gelangen, aber Elias war schneller. Er rannte weiter bis zum Sims des Daches und sprang mit einem großen Satz ohne zu zögern auf das gegenüberliegende Gebäude. Sein Körper prallte hart auf den Beton, doch er rollte sich ab und war sofort wieder auf den Beinen.

Ein Schuss zischte über seinen Kopf hinweg. Elias duckte sich und hechtete hinter eine Lüftungsanlage. „Sie werden aggressiver", dachte er und atmete tief durch. „Jetzt wird es Zeit, auch kreativ zu werden." Er zog ein kleines Gerät aus seiner Tasche. Ein improvisierter EMP-Störsender. Ein Lächeln huschte über sein Gesicht. Verschmitzt dachte er bei sich: „Kleine Geschenke machen den Unterschied." Er drückte den Knopf des Senders. Das Gerät surrte leise, bevor es einen kurzen, hochfrequenten Impuls abgab. In einem Umkreis von hundert Metern erloschen sämtliche Straßenlaternen und Überwachungskameras. Die plötzliche Dunkelheit verschaffte ihm den entscheidenden Vorteil, den er für sein Vorhaben benötigte.

Elias rannte los, sprang über eine weitere Lücke zwischen zwei Gebäuden und verschwand schließlich in einer schmalen Gasse. Er drückte sich in den Schatten und hörte das schwere Stampfen der Verfolger. Sie suchten nach ihm, doch sie zögerten. Ohne Licht war es schwer, seine Spur weiter zu verfolgen. Nach einer Minute in der völlige Stille herrschte, wagte Elias sich endlich aus seiner Deckung heraus zu bewegen. Er ging zügig und unauffällig und mischte sich wieder unter die wenigen Passanten, die trotz der nächtlichen Stunde noch unterwegs waren. „Ich muss zum Hafen", erinnerte er sich. „Mara wartet dort auf mich." Er bog in eine Hauptstraße ein und das hektische Treiben der Stadt umgab ihn wieder. Sein Herzschlag beruhigte sich allmählich, doch er blieb wachsam. Aegis würde nicht so schnell aufgeben. Denn noch war das Spiel nicht vorbei.

Kapitel 18 – Wieder vereint

Die alte Lagerhalle lag direkt am Hafen. Sie stellte ein verlassenes Relikt vergangener Zeiten dar. Die schweren Metalltore standen offen und rostige Container stapelten sich an den Wänden. Das Flackern einer schwachen Lampe war das einzige Licht in der Dunkelheit. Der salzige Geruch des Meeres lag in der Luft. Schimmerndes und abgestandenes Öl spiegelte sich in den Pfützen auf dem Boden der Halle. Mara wartete in einer dunklen Ecke auf Elias und verbarg sich dazu zwischen zwei großen Containern. Ihre Hände spielten nervös mit ihrem Handy, während sie immer wieder die Eingangstür im Blick behielt. Jede Sekunde die verstrich, fühlte sich wie eine kleine Ewigkeit an.

Dann hörte sie schnelle, leise und entschlossene Schritte, die auf sie zukamen. Das konnte nur einer sein. „Elias?", rief sie leise. Ihre Stimme war angespannt, aber voller Hoffnung. Ein

Schatten löste sich aus der Dunkelheit, und im nächsten Moment stand Elias vor ihr. Sein Gesicht war verschwitzt, sein Atem ging schwer, aber er lebte und das war alles was zählte.

„Geht es Dir gut?", fragte Mara, musterte ihn eindringlich und suchte seinen Körper oberflächlich nach Spuren etwaiger Verletzungen ab. Elias grinste leicht, obwohl ihm die Erschöpfung ins Gesicht geschrieben stand. „Ich lebe noch, aber es war ganz schön knapp", lächelte er müde. Mara konnte sich jetzt endlich entspannen und umarmte ihn innig, sichtlich erleichtert, dass es ihm gut ging. Für einen Moment war alles andere vergessen. Die Gefahr, die Verfolger und die Dunkelheit um sie herum. „Ich dachte, sie hätten dich erwischt", murmelte sie. „Ah, Unkraut vergeht nicht, weißt Du doch." Elias hielt sie noch einen Moment lang fest, dann trat er einen Schritt zurück. „Aber wir müssen hier weg. Sie sind überall. Wenn sie herausfinden, dass wir am Hafen sind, sitzen wir in der Falle."

„Was sollen wir jetzt machen?", fragte Mara. Elias antwortete: „Wir nehmen das alte Versorgungsschiff am Pier. Es legt bei Sonnenaufgang ab. Ich kenne da jemanden an Bord, der mir noch einen Gefallen schuldet." Mara zog zweifelnd eine Augenbraue hoch. „Ein Schiff sollen wir nehmen? Das klingt nach einem verdammt riskanten Plan." Elias antwortete darauf zuversichtlich: „Ja, der Plan ist riskant, aber er ist die beste Chance die wir haben." Mara nickte, obwohl sie noch immer zweifelte.

In diesem Moment flackerte das Licht über ihnen und ein tiefes metallisches Knarren hallte durch die Lagerhalle. Beide erstarrten. „Sie sind schon hier", flüsterte Mara besorgt. Elias zog blitzschnell seine Pistole, die er unter seiner Jacke versteckt hatte und machte sich bereit mit den Worten: „Bleib hinter mir und geh´ in Deckung." Die Schatten in der Halle bewegten sich und verursachten ein leises Knirschen auf dem schmutzigen Boden, das kaum zu hören war. Doch für Elias und Mara war es ein alarmierendes Geräusch. „Wir müssen den Hinterausgang erreichen", sagte Elias im Flüsterton und weiter: „Und bleibe unauffällig, wir schaffen das schon." Mara nickte und ihre vor Aufregung aufgerissenen Augen waren fest auf die Tür am Ende der Halle gerichtet. Sie schlichen geduckt los und ihre Schritte waren so lautlos wie ein Flüstern im Wind. Doch kurz vor dem Ausgang hörten sie eine eindringlich rufende Stimme hinter sich, die schrie: „Keine Bewegung! Ihr seid umstellt!"

Mara und Elias tauschten einen kurzen vielsagenden Blick. Es waren keine weiteren Worte nötig, denn beide wussten in diesem Augenblick, was zu tun war. „Jetzt!", rief Elias gehetzt und sie rannten Richtung Tür, erreichten sie und liefen direkt in die

Dunkelheit der Nacht hinaus, verfolgt vom Echo eiliger Schritte, die hinter ihnen herkamen.

Kapitel 19 – Flucht übers Wasser

Die kalte Nachtluft fuhr durch ihre klamme Kleidung, als Mara und Elias aus der Lagerhalle stürmten. Vor ihnen lag der weitläufige Hafen von Saint-Florent. Vereinzelte, flackernde Lampen beleuchteten ihn. Riesige Kräne ragten wie stumme Wächter in den Himmel und die Umrisse von Containerschiffen zeichneten sich gegen das dunkle Wasser ab. „Dort, ist es!", rief Elias erleichtert und zeigte mit ausgestrecktem Finger in Richtung des Versorgungsschiffes, welches ganz am anderen Ende des langen Kais lag. Der Holzsteg lang unscheinbar im Wasser und die Laderampen standen einladend offen. Aber es dauerte nicht mehr lange, dann würde das Schiff abgelegt haben. Elias sagte: „Wenn wir es auf das Schiff schaffen, sind wir in Sicherheit."

Hinter ihnen hörten sie wieder schnell lauter werdende und immer näher kommende Schritte. „Schneller, Mara!", rief Elias panisch, während sie zwischen zwei Containerstapeln hindurch sprinteten. Mara warf einen kurzen, schnellen Blick zurück über die Schulter und sah die Verfolger immer weiter auf sie zukommen. Es waren schwarze Gestalten, die energisch mit den Waffen in ihrer Hand durch die Dunkelheit schritten, um jeden

Moment das Feuer auf sie zu eröffnen. Mara schrie hysterisch und verzweifelt: „Sie kommen immer näher!"

Plötzlich ertönte neben ihnen ein ohrenbetäubender, metallischer Knall. Eine Kugel schlug in einen nahegelegenen Container direkt neben ihnen ein und ließ einzelne Funken sprühen. „Wir müssen rechts entlang!", rief Elias mit bestimmendem Ton und zog Mara hektisch in eine schmale Gasse zwischen zwei Containern hindurch. Sie pressten sich gegen die Metallwand und hielten den Atem an. Schritte, die ihnen einen eiskalten Schauer über den Rücken liefen ließen, hasteten an ihnen vorbei. Sie waren gefährlich nah an ihnen dran, viel zu nah. „Wir haben nur zehn Sekunden Zeit, um auf das Schiff zu gelangen", flüsterte Elias. „Es legt gleich ab." Mara nickte ihm kurz zu, ihre Augen suchten dabei fieberhaft den besten und kürzesten Weg zum Schiff. Dann sagte sie in einem aufgeregten und zugleich auch hoffnungsvollen Ton: „Ich bin bereit."

Elias zählte leise: „Ein, zwei, drei. Jetzt!" Sie schossen blitzschnell aus ihrem Versteck und rannten über den offenen Kai. Das Schiff war nur noch zwanzig Meter entfernt und die noch offene Laderampe befand sich im Blickfeld direkt vor ihnen. Doch hinter ihnen erklangen nun wieder Stimmen. Ihre Verfolger hatten sie bereits entdeckt.

Ein zweiter Schuss folgte und schlug direkt neben ihnen ein, danach folgte ein dritter Schuss, der um Haaresbreite Elias verfehlte. „Wir müssen weiter!", schrie Elias, griff nach Maras Hand und zog sie mit sich. Mara sprang als Erste auf die Laderampe des Frachters, ihre Füße rutschten auf dem blanken Metall kurz weg, doch sie fing sich schnell und hastete zügig nach oben. Auch Elias folgte dicht hinter ihr, drehte sich noch einmal um und feuerte einen Schuss aus seiner Waffe in die Dunkelheit hinein. Sie erreichten das Deck und Elias riss die schwere Metalltür zum Inneren des Schiffes auf. Er gab den Befehl: „Los, schnell rein hier!" Elias verschloss mit einem gekonnten Griff die Tür hinter ihnen und verriegelte sie mit einem metallischen Klicken. Er lehnte sich für einen Moment dagegen, holte tief Luft und lauschte.

Draußen waren die Schritte verstummt. Nur das sanfte Rauschen des Wassers war zu hören. „Das war verdammt knapp", sagte Mara erschöpft und stützte sich mit einer Hand an der Wand ab. Ihr Atem ging stoßweise und ihr Herz schlug noch immer viel zu schnell. Elias nickte und grinste erschöpft: „Willkommen an Bord." „Und was machen wir jetzt?", fragte Mara sichtlich erleichtert. „Jetzt verstecken wir uns unter Deck und hoffen, dass dieses Schiff bald ablegt. Sobald wir auf dem Wasser sind, haben wir Zeit, einen neuen Plan zu schmieden." Mara nickte langsam, doch Elias konnte in ihren Augen einen Ausdruck von wachsender Sorge lesen. „Sie werden nicht so leicht aufgeben, oder?", fragte Mara dann auch schon unvermittelt. Elias schüttelte daraufhin den Kopf und antwortete: „Nein, aber auch wir sind noch nicht am Ende." „Das ist gut", sagte Mara entschlossen und ihre Stimme klang nun wieder etwas selbstsicherer. „Dann kämpfen wir weiter." Elias legte beruhigend eine Hand auf ihre Schulter. Er merkte, wie sie sich sichtlich entspannte unter dieser Berührung. „Das machen wir doch immer. Du weißt doch, so leicht lassen wir uns nicht unterkriegen."

Kapitel 20 – Auf See

Das Frachtschiff setzte sich langsam in Bewegung und man konnte hören, wie die mächtigen Maschinen in ihm dröhnten und arbeiteten. Der Boden unter ihren Füßen begann merklich zu zittern und um den Bug herum hörte man das Meerwasser leise gurgeln. Mara und Elias beobachteten durch ein kleines Bullauge, während sie langsam über das Wasser glitten, wie die Lichter des Hafens begannen immer kleiner zu werden. Die Stadt wurde zu einem fernen Schimmer am Horizont, während das Schiff Kurs auf die offene See nahm. „Wir haben es geschafft", flüsterte Mara und zum ersten Mal an diesem Abend ließ sie sich erschöpft, aber seit langem mal wieder entspannt, in einen auf dem Deck befindlichen Holzstapel sinken. „Ja, es sieht so aus, als wären wir ihnen entwischt", erwiderte Elias und nahm neben ihr Platz. Seine Augen blieben wachsam, während er die Umgebung sorgfältig scannte. „Aber wir müssen trotzdem vorsichtig bleiben, denn ich glaube, dass es noch lange nicht vorbei ist."

Das Frachtschiff war ein kolossaler Kasten aus Stahl mit verwinkelten Gängen, endlosen Containerstapeln auf dem Deck und engen Räumen, die mit Werkzeugen, Ersatzteilen und Ausrüstungsgegenständen zugestellt waren. Es roch nach verbranntem Diesel und salziger Meeresluft. Die Atmosphäre war seltsam ruhig und doch irgendwie angespannt. Das rhythmische Stampfen der Maschinen verlieh´ ihr eine unaufhörliche, pulsierende Energie. „Wir sollten uns unter Deck verstecken", schlug Elias vor. „Hier oben sind wir zu leicht zu finden."

Sie machten sich auf den beschwerlichen Weg durch die sehr engen Gänge und hielten sich dabei an den Wänden fest, während das Schiff sanft hin und her schwankte. Außer dem Kapitän waren kaum Menschen auf dem Frachter sichtbar, doch das bedeutete nicht, dass sie sicher waren. „Hörst du das?", fragte Mara plötzlich und blieb stehen. Elias lauschte ebenso angestrengt wie sie. Ja, es stimmte. Sie hörten schwerfällige Schritte hinter ihnen im Gang, die langsam aber unaufhaltsam auf sie zukamen.

„Jemand ist uns wohl gefolgt", flüsterte er. „Komm´, schnell, hier lang!" Sie bogen um die nächste Ecke und fanden eine kleine Tür, die zu einem kleinen Raum führte. Elias öffnete sie, dabei quietschte die Tür leise, dann schlüpften sie schnell hindurch. Mara schloss die Türe hinter ihnen gerade noch rechtzeitig, denn es waren bereits ganz in ihrer Nähe Schritte einer Person zu hören. Durch einen schmalen Spalt in der Tür sahen sie eine Gestalt vorbeigehen. Ein kräftiger Mann in Arbeitskleidung, doch etwas an ihm wirkte seltsam falsch. Seine Bewegungen waren zu kontrolliert und zu aufmerksam. Er erweckte den Eindruck, als würde er etwas Bestimmtes suchen. „Aegis hat wahrscheinlich auch hier seine Leute an Bord", flüsterte Mara und ihr Herz raste wieder. „Das ist doch kein Zufall." Elias nickte und seine Augen funkelten entschlossen. „Dann müssen wir unbedingt herausfinden, wie viele es sind und was sie vorhaben. Das Schiff könnte eine Falle sein."

Kapitel 21 – Schatten an Bord

Das dumpfe Stampfen der Schiffsmotoren vermischte sich mit dem stetigen Rauschen der Wellen. Die engen Korridore unter Deck waren spärlich beleuchtet und jeder Schritt hallte gespenstisch an den Metallwänden wider. Mara und Elias verbargen sich unauffällig im Schatten des kleinen Raums, während sie sich leise unterhielten. Ihre Sinne waren geschärft, ihre Muskeln angespannt und jederzeit darauf programmiert, loszulaufen. „Wir müssen herausfinden, was sie hier transportieren", flüsterte Elias. „Ein Frachtschiff wie dieses ist ein perfektes Versteck, niemand stellt Fragen. Und wenn es wirklich Aegis gehört...", Mara beendete den Satz von Elias: „... dann könnte die Ladung die Antwort auf alles sein." Elias nickte.

Sie schlichen weiter, bis sie eine große Stahltür fanden. Ein verblasstes Schild mit der Aufschrift „Laderaum C" hing schief daneben. „Hier könnte es interessant werden", sagte Elias. Er wollte gerade mit seinem Taschenmesser, was er aus der Tasche zog, die Tür aufbrechen, als sie feststellten, dass die Türe nicht verschlossen, sondern nur angelehnt war. Mara sah sich nervös um. „Das ist zu einfach", flüsterte sie. „Oder sie wollen, dass es so aussieht", entgegnete Elias. „Pass auf." Sie öffneten die Tür vorsichtig und schlüpften hinein. Der Laderaum war riesig und voller Container, die in säuberlichen Reihen gestapelt waren. Doch es war nicht das, was man von einem gewöhnlichen Frachtschiff erwarten würde. „Das sind keine Warencontainer", stellte Mara erstaunt fest. „Hier sind keine Markierungen drauf und es gibt auch keine Frachtpapiere..." Elias lief zu einem der Container und öffnete die Seitentür einen winzigen Spalt. Das Innere war mit metallischen Kisten gefüllt.

Jede Kiste war sorgfältig versiegelt und in einer Sprache beschriftet, die Mara nicht sofort geläufig war.

„Das ist Militärausrüstung", murmelte Elias, als er eine der Kisten öffnete und den Inhalt sorgfältig überprüfte. In den Kisten befanden sich allerhand Gewehre, Hightech-Kommunikationsgeräte und etwas, das wie ein tragbarer Störsender aussah. „Das ist doch kein Zufall", Elias zitterte vor Aufregung. Ein seltsam kaltes und beklemmendes Gefühl kroch Mara den Rücken hinauf. Sie sprach aufgeregt: „Das hier sieht nach einer verdeckten Waffenlieferung aus. Und sollte das stimmen, dann haben wir ein wesentlich größeres Problem."

Plötzlich hörten sie in der Ferne wieder Schritte. Nicht mehr einzelne, sondern ziemlich viele. „Wir müssen hier raus", flüsterte Elias und schloss die Kiste wieder. „Und wir brauchen handfeste Beweise für unsere Vermutung." Mara zog schnell noch ihr Handy aus der Tasche und machte detaillierte Fotos, bevor sie wieder in die Dunkelheit der Gänge zurückkehrten. Doch kaum hatten sie den Korridor erreicht, hörten sie eine drohende Stimme hinter sich: „Kommen Sie raus da und bewegen Sie sich nicht!" Na toll. Sie waren also doch nicht in Sicherheit.

Kapitel 22 – Die Stimme aus der Dunkelheit

„Ich warne Sie, keine Bewegung." Die Stimme klang bedrohlich und klang dennoch seltsam ruhig. Mara und Elias hoben langsam die Hände, kamen aus ihrer Deckung und warteten. Aus dem Schatten trat ein Mann. Er hatte schlichte dunkle Kleidung an, seine Augen waren wachsam und sein Blick seltsam kühl. In der Hand hielt er eine Waffe, aber er schien es nicht besonders eilig zu haben, sie einzusetzen „Ihr habt also doch den falschen Gang gewählt", sagte er lächelnd. „Ein Fehler, der euch zum Verhängnis werden könnte." Mara fixierte ihn mit kaltem Blick, sie fragte: „Wer sind Sie?" „Ein Freund oder ein Problem, je nachdem, wie ihr euch entscheidet", antwortete der Mann und schloss langsam die Tür zum Laderaum hinter sich. „Ihr schleicht also durch das Schiff und fotografiert unsere private Fracht. Das ist aber keine besonders kluge Idee, wenn ihr mich fragt." „Was für eine private Fracht?", warf Elias ein. „Für mich sieht das mehr nach einem Waffendepot aus und ich vermute, das hier ist nicht nur ein gewöhnlicher Transport." Der Mann lächelte erneut, nur dieses Mal etwas breiter. „Das haben Sie scharfsinnig beobachtet. Das mag ich. Warum reden wir nicht ganz offen? Ihr habt Fragen, und ich könnte vielleicht einige davon beantworten."

Elias und Mara warfen sich einen kurzen vielsagenden Blick zu. Ein Angebot wie dieses hatte eigentlich immer seinen Preis. „Warum sollten wir

Ihnen vertrauen?", fragte Mara zweifelnd. Der Mann lachte leise. „Oh, vertrauen Sie mir nicht. Aber glauben Sie mir, dass Sie sehr bald meine Hilfe brauchen werden." Er trat einen Schritt näher. „Ihr denkt, ihr habt es mit einer simplen Schmuggel-operation zu tun, aber das ist nur die Spitze des Eisbergs. Dieses Schiff transportiert weit mehr als Waffen." „Was denn noch?", wollte Elias neugierig wissen. „Enorm wichtige Informationen, Kontakte, und andere Dinge." Der Mann machte eine kurze Pause. „Aegis hat lange Fäden und sie ziehen sie in alle Richtungen. Ihr habt etwas gesehen, das ihr besser hättet nicht sehen sollen. Und jetzt seid ihr ein Problem."

Ein Moment der Stille trat zwischen den dreien ein und die Spannung knisterte bis zum Zerreißen in der Luft. „Aber ich gebe euch eine Chance", fuhr der Mann fort. „Wenn ihr überleben wollt, dann arbeitet mit mir. Ich kann euch zeigen, wer wirklich hinter all dem steckt. Und ich garantiere euch, ihr werdet überrascht sein." „Warum sollten Sie uns helfen?", fragte Mara misstrauisch. „Weil ich auch meine Feinde habe", sagte der Mann leise. „Und manchmal sind die Feinde meiner Feinde meine besten Verbündeten."

Kapitel 23 – Der Pakt im Verborgenen

Der Mann, der sich später als Julian Varga vorstellte, führte Mara und Elias tiefer in die untersten Decks des Schiffs, weit genug weg vom Einfluss neugieriger Augen. Die Luft wurde feuchter, der Dieselgeruch intensiver und das Dröhnen der arbeitenden Maschinen vibrierte spürbar durch die Wände. „Hier unten stört uns niemand", sagte Varga und deutete auf eine kleine Kammer mit einer einfachen Lampe, die flackernd spärliches Licht spendete. „Also, hören wir auf mit dem Katz-und-Maus-Spiel", sagte Varga. „Ich helfe euch und im Gegenzug helft ihr mir." „Bei was sollen wir Ihnen helfen?", fragte Elias mit leicht genervt gerunzelter Stirn. Varga setzte sich entspannt auf eine Kiste, die unter seinem Gewicht ein wenig nachgab und verschränkte die Arme. „Es ist ganz einfach. Ich brauche diese Datei, die ihr habt. Euren Stick mit den Informationen, denn es sind nicht nur Daten darauf. Auf ihm ist auch eine Karte. Sie führt zu einem Netzwerk von Aegis-Operationen weltweit."

Mara zog den Stick aus ihrer Jackentasche und drehte ihn nachdenklich in der Hand. „Und warum sollten wir Ihnen die Daten geben? Sie könnten genauso gut für Aegis arbeiten." Varga lächelte kalt. „Ich habe meine eigenen Probleme mit

Aegis. Früher war ich Teil des Netzwerks, aber sagen wir mal so, unsere Interessen haben sich verändert." „Ah, ein Überläufer also", stellte Elias fest. „Und jetzt arbeiten Sie gegen Ihre alten Verbündeten?" „Ja, so könnte man es nennen", sagte Varga. „Die Frage ist Folgende: Wollt ihr die Wahrheit erfahren oder hier im Dunkeln tappen, bis sie euch finden und beseitigen?" Elias und Mara wechselten erneut einen Blick. Varga war gefährlich, das war Ihnen klar. Doch gleichzeitig wussten sie, dass er mehr über Aegis wusste, als sie jemals allein herausfinden konnten.

„Was ist der Haken?", fragte Mara schließlich. „Es gibt keinen Haken", erwiderte Varga. „Ihr überreicht mir den Stick und ich bringe euch zu der Person, die euch helfen kann und alles ins Rollen gebracht hat." „Wer ist diese Person?", fragte Elias misstrauisch. „Es ist jemand, den ihr wohl niemals verdächtigt hättet", sagte Varga mit einem rätselhaften Lächeln. „Aber lasst uns das langsam angehen. Zuerst solltet ihr wissen, dass Aegis längst weiß, dass ihr an Bord seid. Und sie warten nur auf den richtigen Moment, um zuzuschlagen."

Kapitel 24 – Ein gefährliches Bündnis

Varga führte sie in einen verlassenen Maschinenraum, der provisorisch zu einer Art Kontrollzentrum umfunktioniert worden war. An der Wand hing eine genaue Übersichtskarte des Schiffs, auf der bestimmte Bereiche mit roten Markierungen hervorgehoben waren. „Dies ist das Herzstück der Operation", erklärte er und tippte auf einen Bereich nahe dem Bug. „Wenn ihr wissen wollt, womit ihr es wirklich zu tun habt, müsst ihr dort hinein gehen." Mara betrachtete die Karte mit gerunzelter Stirn, dann fragte sie: „Und was erwartet uns dort?" Varga sagte: „Dort befindet sich die Kommunikations-zentrale. Aegis nutzt das Schiff nicht nur zum Schmuggeln. Der Frachter hier ist ein schwimmender, zentraler Knotenpunkt für verschlüsselte Datenübertragung. Alles, was sie wissen, geht durch diesen Raum."

Elias verschränkte die Arme und fragte entrüstet: „Und warum haben Sie das nicht schon längst allein erledigt?" „Ich bin nicht naiv", erwiderte Varga trocken. „Da drin wimmelt es doch nur von Sicherheitspersonal. Wenn ihr dort hineinkommt, dann habt ihr maximal zehn Minuten, bevor jemand merkt, dass ihr da seid." „Wieso wir?", fragte Mara, und weiter: „Sie kommen also nicht mit?" Varga lächelte kühl. „Ich bin euer Schlüssel zu den nächsten Schritten. Wenn ich mit euch gehe und geschnappt werde, dann ist das Spiel schneller vorbei als ihr gucken könnt." „Hmh, oder Sie überlassen uns die Drecksarbeit", murmelte Elias resigniert. „Das ist auch eine Möglichkeit", gab Varga zu. „Aber ihr wollt doch die Wahrheit, oder? Dann vertraut mir, zumindest so lange, bis ihr den Raum gefunden habt."

Kapitel 25 – Verbotene Verbindungen

Die Tür zur Kommunikationszentrale glitt mit einem leisen Zischen auf. Ein bläuliches Licht erfüllte den Raum. Es war unheimlich still, nur Server und Monitore summten monoton vor sich hin. Mara und Elias blieben einen Moment lang regungslos stehen und nahmen die Szenerie in sich auf. „Wir müssen das System anzapfen und die relevanten Dateien kopieren", flüsterte Mara und zog das Tablet aus ihrer Tasche. „Halte Du Ausschau, während ich mir das genauer ansehe", sagte sie bestimmt. Elias nickte und postierte sich vorsichtig neben der Tür. Mara setzte sich an das Terminal und begann, durch die verschiedenen Daten zu scrollen. Die ersten Ordner waren unauffällig, Kommunikationsprotokolle, Schiffslogbücher und Frachtlisten. Doch dann stieß sie auf eine Datei mit dem Titel „Projekt Hydra – Verschlusssache." „Elias, das musst du unbedingt sehen", sagte sie aufgeregt, ihre Stimme war kaum mehr als ein Flüstern.

Elias trat näher, während Mara die Datei öffnete. Auf dem Bildschirm erschienen Berichte, verschlüsselte Nachrichten und Signaturen. Es waren offizielle Siegel, die sie sofort erkannten. „Das sind Regierungsdokumente", sagte Elias ungläubig.

„Verteidigungsministerium, Innenministerium, da steht alles drin", erklärte er verblüfft. „Sie sind Teil davon", stellte Mara mit wachsendem Entsetzen fest. „Aegis arbeitet direkt mit hochrangigen Regierungsstellen zusammen. Das ist keine private Operation, es ist staatlich gedeckt." Die nächsten Dokumente enthüllten noch mehr: Geheime Operationen in Krisengebieten, die Einflussnahme auf internationale Entscheidungen und verdeckte Einsätze, die offiziell nie existierten. „Das ist politischer Sprengstoff", murmelte Elias. „Wenn das an die Öffentlichkeit gelangt...", „... dann fällt alles auseinander", vollendete Mara den Satz. „Und wir könnten das nächste Ziel sein." Ein Warnsignal ertönte aus dem Terminal. Mara starrte auf den Bildschirm, auf dem eine rote Meldung aufblinkte.

„Jemand hat den Zugriff bemerkt. Wir müssen hier raus!" Sie zogen die Speicherkarte aus dem Terminal und machten sich auf den Weg zurück in die Korridore. Doch diesmal war das Schiff nicht mehr still, denn über Lautsprecher erklang eine kalte Stimme: „Alarm. Es sind Eindringlinge an Bord. Sicherheitskräfte sofort zum Maschinenraum!"

Kapitel 26 – Flucht durch den Bauch des Schiffs

Die Sirenen heulten laut auf und rotes Warnlicht blinkte an den Wänden, während die drei durch die engen Gänge rannten. Schritte hallten erneut hinter ihnen wider. „Wir müssen uns beeilen!", rief Elias und zog Mara an der Hand die Stahltreppe hinunter in die unteren Decks. Varga lief hinter híhnen her. „Wenn wir zum Laderaum kommen, könnten wir uns in einem der Container verstecken." „Das wird nicht funktionieren!", keuchte Mara. „Die werden alles durchsuchen. Wir müssen aufs Oberdeck und einen Weg finden, vom Schiff runter zu kommen." Elias nickte, die extreme Anspannung deutete sich klar in seinem Gesicht ab. Er ergänzte: „Wir müssen zum Beiboot! Das ist der einzige Ausweg."

Sie hetzten durch schmale Wartungsgänge, vorbei an brummenden Maschinen und flackernden Neonröhren. Überall waren Stimmen zu hören, Funksprüche und Befehle. Man hörte das Klirren von Stiefeln auf Metall. Es war ein eigenartiger Sound. „Wir müssen da lang!", Mara zeigte mit ihrem ausgestreckten Arm aufgeregt auf einen schmalen Flur der nach oben führte. Das Oberdeck war nur noch wenige Meter entfernt, doch dann trat Ihnen ein   Sicherheitsmann entgegen. Er hatte die Waffe erhoben und zielte damit direkt auf sie. „Keinen Schritt weiter!", rief er. Elias reagierte blitzschnell. Mit einem Tritt gegen den ausgestreckten Arm des Mannes, schleuderte er die Waffe aus seiner Hand und riss den Unbekannten zu Boden. Dieser war sehr überrascht von Elias´s forschem Angriff. „Geht weiter!", brüllte er Mara und Varga zu, während der Mann sich benommen wieder aufrappelte.

Sie stürmten die letzten Stufen hinauf und fanden sich schließlich auf dem Oberdeck wieder. Die Nacht war pechschwarz, das Meer tobte unter ihnen und der kalte Wind riss an ihren Kleidern. „Da drüben ist das Beiboot!", rief Mara und rannte darauf zu. Die drei lösten das Schifftau vom Boot und es glitt Richtung Wasser. Hinter ihnen brach erneut das Chaos aus, denn weitere Sicherheitskräfte stürmten auf das Deck. Ihre Taschenlampen suchten hektisch die Dunkelheit ab.

„Rein in das Boot!", rief Elias. Gemeinsam sprangen sie in das Beiboot, das schwankend auf die schäumenden Wellen prallte. Sie wurden nassgespritzt, als Elias den Außenbordmotor startete. „Nun mach schon, schnell!", rief Mara, während ihnen die Scheinwerfer des Frachters unaufhaltsam folgten. Der Motor des Beibootes heulte jaulend auf und das kleine Boot schoss auf den Wellen brechend, davon. Vereinzelte Schüsse hallten noch über das Wasser, aber sie waren bereits zu weit davon entfernt.

„Wir haben es wieder einmal geschafft!", keuchte Elias und hielt mit seinen Händen das Steuer fest umklammert. Mara lehnte sich müde im Boot zurück und genoss das sanfte Schaukeln der Wellen. Ihr Körper fing an sich langsam zu beruhigen, ihre Augen wurden schwer. Varga saß im Boot und starrte auf das Meer hinaus. Was mara und Elias von ihm halten sollten, das war ihnen noch nicht ganz klar.

Kapitel 27 – Das Netz der Macht

Die drei waren ihren Verfolgern nur knapp mit dem Beiboot entwischt. Varga ging seines Weges und Elias und Mara befanden sich wieder auf dem Weg in die Stadt. Das kleine Hotelzimmer, welches sich am Stadtrand befand, roch innen nach altem Holz. Durch das geöffnete Fenster wehte ein wenig Meeresbrise, die immer noch in der Luft lag, durch das Zimmer. Mara saß auf dem weichen Bett und hatte gemütlich die Beine im Schneidersitz gekreuzt. Sie hielt das Tablet in ihrer Hand und entschlüsselte langsam die komplexen Daten auf dem Bildschirm. „Das dauert viel zu lang", murmelte Elias und blickte sichtlich nervös zum Fenster. „Wir können nicht lange hier bleiben. Wenn Aegis´ Hintermänner herausfinden, dass wir hier sind, dann sind wir geliefert." „Ich weiß", antwortete Mara hoch konzentriert. „Aber diese Verschlüsselung hier ist sehr komplex. Das hier sind nicht nur einfache Dokumente. Sie sind zusätzlich mit verschiedenen Verschlüsselungen und Passwörtern versehen."

Ein leises Klopfen an der Tür ließ die beiden erstarren. Sie hielten inne, verharrten regungslos und lauschten. Elias griff reflexartig zu seiner Waffe und ging langsam zur Tür. „Wer ist da?", fragte er nervös, seine Stimme zitterte leicht. „Entspannt euch, Freunde. Ich bin es doch nur." Die Stimme war ruhig, fast ein wenig spöttisch. „Ihr wollt doch nicht, dass ich draußen im Flur erwischt werde, oder?" Elias öffnete die Tür einen Spalt breit und Julian Varga stand lässig grinsend im Türrahmen, die Hände hatte er in der Hosentasche vergraben. Dann sprach er: „Na, habe ich euch nicht gesagt, dass ihr mich noch brauchen würdet?" „Das war aber keine Einladung", knurrte Elias zögernd, ließ ihn dann aber doch hinein. „Wie hast du uns gefunden?", fragte er neugierig.

„Ihr seid doch nicht die einzigen, die etwas entschlüsseln können", sagte Varga und deutete auf das Tablet. „Und ihr seid erstaunlich berechenbar, denn ihr haltet euch immer dort auf, wo es anderen am wenigsten auffällt." Mara verschränkte verschlossen die Arme. „Und warum bist du wirklich hier?", fragte sie. Varga lächelte und antwortete. „Um euch zu helfen natürlich. Die Daten, die ihr hier habt, sind nicht irgendwelche Daten. Sie beinhalten das komplett zusammengetragene Wissen des Netzwerks von Aegis. Die Daten bestehen zum großen Teil aus Regierungsverbindungen, verdeckten Operationen und vor allem aus den wichtigsten Namen und Personen, die im Zusammenhang mit Aegis stehen."

Mara und Elias schauten sich an als wären sie einem Geist begegnet. Sie konnten nicht glauben, dass sie beide nun in all dies verwickelt sein sollten. Mara wollte, nun wahrhaft neugierig geworden, mehr darüber erfahren und fragte wissbegierig weiter: „Um welche Namen geht es?" „Hier drin stehen hochrangige Politiker und Menschen aus der Wirtschaft mit Rang und Namen. Es sind Menschen, die ihr niemals mit so etwas Großem in Verbindung bringen würdet. Aber ihr könnt mir glauben, sie sind es, die die Fäden in diesem skrupellosen Spiel in der Hand halten und alles lenken."

Ihr Gespräch wurde unmittelbar vom piepen des Tablets unterbrochen und Mara blickte auf den Bildschirm. Die Entschlüsselung der Dateien war nun abgeschlossen und auf dem arbeitenden Display zeigten sich eine Vielzahl durchaus vertrauter Namen. „Das kann doch alles nicht wahr sein", flüsterte sie. „Mit diesen Daten könnten wir an die Öffentlichkeit gehen und die Regierung zerschlagen." „Oder es könnte euch das Leben kosten", sagte Varga leise. „Ihr seid jetzt in einem Spiel, das nur wenige gewinnen werden. Wenn ihr überleben wollt, müsst ihr vorsichtiger und cleverer sein als sie."

„Ich glaube Dir kein Wort", sagte Elias misstrauisch. Varga hob abwehrend die Hände. „Ich habe euch gerade alles erzählt, was ich weiß. Vertraut mir oder auch nicht. Es spielt praktisch keine Rolle mehr, denn auch ich stecke mittlerweile zu tief mit drin."

Kapitel 28 – Die Wahrheit aus erster Hand

Die Straßenlaternen warfen kaltes, weißes Licht auf das kleine abgelegene Hotel, in dem die drei sich befanden. „Ich kenne da einen Mittelsmann mit dem wir uns treffen sollten. Er ist loyal und zuverlässig", sagte Varga. Er nahm sein Handy aus seinem langen, schwarzen Mantel und schrieb eine Nachricht: „Hallo Novak. Ich habe keine Zeit für viele Worte, nur so viel. Es gibt etwas Wichtiges, worüber wir uns unterhalten sollten." Novak schien praktisch auf seine Nachricht zu warten, denn das Handy piepte und es kam prompt eine Antwort: „Okay, kommt zur alten Halle. Du weißt, welche Halle ich meine. Novak." Mara und Elias wechselten einen raschen Blick und schienen abzuwägen, ob sie Varga vertrauen konnten. Sie ließen es darauf ankommen und willigten ein, sich mit diesem unbekannten Novak zu treffen. Die drei machten sich auf dem Weg zum Treffpunkt.

Varga blieb vor einer unscheinbaren Halle stehen und sagte eindringlich: „Eine Sache noch. Haltet euch bitte zurück und lasst ihn reden, denn er hat alles zu verlieren." Die Tür öffnete sich langsam und ein Mann mittleren Alters, mit grau meliertem Haar und einem ebenfalls grau melierten

3-Tage-Bart, trat heraus. Sein Gesicht wirkte eingefallen und müde, seine Schultern hielt er leicht nach vorne gebeugt, als hätte ihn die Last der Vergangenheit erdrückt.

„Varga", sagte der Mann mit einem Nicken. Dann musterte er Mara und Elias misstrauisch. „Sind das die Leute, von denen du gesprochen hast?" „Es sind die einzigen, die vielleicht noch eine Chance haben, das alles ans Licht zu bringen", erwiderte Varga. „Das sind Mara und Elias." „Nenn mich Novak", sagte der Mann und streckte Mara die Hand entgegen. „Ich war einer der Sicherheitsberater für Aegis, bevor ich herausfand, was sie wirklich treiben." Mara spürte, wie sich ihr Magen unheilvoll zusammenzog. „Und was ist das genau?" Novak zog ein abgegriffenes Notizbuch mit grünem Einband aus seiner Jacke und blätterte durch die Seiten. „Glaubt mir, ihr habt nur an der Oberfläche gekratzt. Die Daten, die ihr habt, sind der Beweis für eine gigantische Schattenoperation. Aegis manipuliert politische Entscheidungen, schiebt Gelder in dunkle Kanäle und bringt Leute zum Schweigen, die zu viel wissen." „Und die Regierung deckt das alles?", fragte Elias ungläubig. Novak nickte ganz langsam. „Nicht die gesamte Regierung, aber es gibt genug mächtige Leute, die jede Untersuchung dazu blockieren."

Er legte das Notizbuch andächtig auf den Tisch und öffnete mit gekonnter Fingerfertigkeit und so als ob er ziemlich genau wusste, wo in diesem

Notizbuch was stand, eine Seite auf der Diagramme und Namen miteinander verbunden waren. Er tippte mit dem Finger auf die Seite. „Das sind die Hintermänner von Aegis. Einige davon kennt ihr vielleicht schon aus der Zeitung oder aus den Nachrichten, andere arbeiten eher im Hintergrund, haben aber wichtige Positionen inne." Mara fuhr mit dem Finger über die Namen. „Wenn das stimmt, dann haben wir alles, was wir brauchen." „Vorsicht!", warnte Novak eindringlich und sein Blick fixierte Mara. „Wenn ihr sie zu früh konfrontiert, werdet ihr verschwinden. Genau wie die anderen, die es versucht haben."

„Und was schlägst du vor?", fragte Elias. „Ich kann euch helfen noch mehr Informationen zu bekommen. Ich kenne da ein sicheres Archiv mit verschlüsselten Protokollen und internem Schriftverkehr. Das könnte der entscheidende Faktor sein, um das ganze Netzwerk hoch gehen zu lassen." „Okay, und wo ist dieses Archiv?", fragte Mara. Novak zögerte. „Auf dem Festland. Aber es ist gut versteckt. Wir sollten behutsam vorgehen, sonst werden sie uns abfangen, bevor wir auch nur in die Nähe davon kommen."

Kapitel 29 – Das geheime Archiv

Der Jeep ratterte über eine einsame Landstraße immer geradeaus, das Meer glitzerte im fahlen Mondlicht zur rechten Seite. Novak steuerte das Fahrzeug mit ernster Miene, während Mara und Elias auf der Rückbank die Umgebung im Auge behielten. Julian Varga saß unpassend entspannt neben Novak und es machte oberflächlich betrachtet den Eindruck, als ob sie nur einen kleinen Ausflug irgendwo ins Grüne unternehmen würden. „Das Archiv liegt in einer alten Küstenanlage", erklärte Novak und lenkte den Jeep auf eine schmale, mit Rosenbüschen überwucherte Zufahrt. „Früher wurde die Anlage als Kommunikationszentrum genutzt. Jetzt ist sie das perfekte Versteck."

Die Anlage, ein grauer Koloss, tauchte am Horizont vor ihnen auf. In der Nähe waren keine Wachtposten und auch keine sichtbaren Kameras zu sehen und dennoch ließ etwas an diesem unheimlichen Ort, Mara leicht frösteln. „Ist es sicher hier?", fragte Elias misstrauisch und Novak antwortete: „So sicher, wie es unter diesen Umständen eben geht". Und weiter sagte er: „Aegis denkt, dass keiner diesen Ort hier kennt. Und das gibt uns wiederum einen kleinen Vorteil."

Sie schlichen sich durch einen Seiteneingang. Die Luft im Inneren war abgestanden und der Boden bestand teilweise aus unbefestigten, losen Betonfliesen, die unter ihren Füßen hin und her wackelten. Novak führte sie über einige Stockwerke bin hin zum Serverraum. Die Tür glitt mit einem leisen Zischen auf und dahinter lag ein dunkles

Abteil voller flimmernder Monitore und summender Festplatten die ihre Arbeit verrichteten. Novak holte aus seiner rechten Gesäßtasche eine kleine unscheinbare Chipkarte heraus und sagte: „Wenn wir Zugriff bekommen, habt ihr alles, was ihr braucht."

Mara setzte sich an die Konsole, während Elias und Varga die Umgebung sicherten. „Wie lange brauchst du?", fragte Elias. „Nicht lange, wenn das System noch läuft", antwortete Mara und begann, sich systematisch durch die Protokolle zu arbeiten. „Die Daten sind alle hier, die Verschlüsselung ist komplex, aber machbar." Plötzlich blinkte ein rotes Warnlicht auf einem der Bildschirme auf. „Was ist das?", fragte Varga und trat näher. „Ein Sicherheitsprotokoll", murmelte Novak. „Jemand könnte bemerkt haben, dass wir hier sind." „Beeil' dich, Mara", drängte Elias und blickte nervös zur Tür. Das Surren der Server wurde lauter, während Mara fieberhaft weiterarbeitete. Schließlich rief sie: „Ich hab's!" „Hier sind alle Protokolle und internen Memos drin. Hier ist alles, was wir brauchen!" „Okay, es ist Zeit zu verschwinden", sagte Varga mit einem Blick zur Tür. „Und zwar jetzt."

Sie packten das Speichermodul ein und Novak führte sie zurück zum Ausgang. Doch gerade als sie die Anlage verlassen wollten, hörten sie das Geräusch von Reifen auf Kies und das Klicken von

Waffen. „Aegis", zischte Elias. „Sie haben uns gefunden."

Kapitel 30 – Im Schatten der Jäger

Das dumpfe Geräusch vom Öffnen und Schließen der Autotüren, gefolgt von schnellen Schritten auf dem Kiesboden, ließ Mara das Herz in die Kehle rutschen. Durch eine schmale Öffnung im Beton sah sie die Umrisse mehrerer Männer, die sich mit gezogenen Waffen der Anlage näherten. „So ein Mist, sie haben uns eingekreist", flüsterte Elias den anderen zu und schloss die Tür leise. „Wir müssen einen anderen Weg finden." „Dann folgt mir", raunte Novak den anderen zu. „Es gibt einen Versorgungs-tunnel im Keller. Er führt zum alten Kanalrohr direkt ins Freie." Sie schlichen durch die dunklen Gänge und versuchten jegliches Geräusch zu vermeiden, damit sie ihre Position nicht verrieten. Varga hielt einen Moment inne, horchte und bedeutete ihnen mit einem Kopfnicken, stehen zu bleiben. Das Klicken von Stiefeln auf dem Beton kam näher. „Bleibt hier", flüsterte Varga und verschwand im Schatten. Sekunden später hörten sie ein leises Knacken und dann wieder absolute Stille.

„Alles klar", kam Vargas Stimme aus der Dunkelheit. „Der Korridor ist jetzt sauber." Sie bewegten sich weiter in Richtung Keller. Plötzlich drang eine laute Stimme durch das Funkgerät, welches noch im Korridor lag. „Zentrale an alle Einheiten. Die Zielpersonen befinden sich im Gebäude. Ich möchte keine Fehler. Sie müssen unbedingt lebend gefasst werden." Mara tauschte einen besorgten Blick mit Elias aus und bemerkte: „Sie wissen, dass wir hier sind." „Sie wissen aber nicht, wo wir uns genau befinden", sagte Novak. „Das ist unser Vorteil."

Im Keller angekommen, zeigte Novak auf einen metallenen Lüftungsschacht, der gerade breit genug war, um hindurchzukriechen. „Das führt uns zum Abflussrohr. Von dort kommen wir raus." Elias half Mara hinein, dann folgte er ihr nach. Der Schacht war eng und die Luft stickig. Jeder ihrer Atemzüge schien lauter zu sein als das entfernte Murmeln der Aegis-Agenten. Dann spürten sie endlich Frischluft. Sie schoben das Gitter am Ende des Schachtes beiseite und krochen taumelnd und geblendet vom Licht der Sonne, ins Freie. Der Ausgang lag direkt am Rand des Waldes hinter der Anlage. „Los, macht schnell", drängte Novak und führte sie in die Dunkelheit der Bäume.

Hinter ihnen hörten sie laute Rufe und Befehle. Das gedämpfte Licht von Taschenlampen durchkämmte die Umgebung. Doch der Wald verschluckte sie nahezu. Schritt für Schritt entfernten sie sich nun von der Anlage. Die Stimmen und Lichter wurden weniger bis sie verstummten. Erschöpft hielten sie an einem kleinen Bach an um durchzuatmen. „Das war ziemlich knapp", sagte Elias und blickte zurück in die Finsternis. Novak nickte. „Ja, aber wir haben jetzt endlich, was wir brauchen." Er klopfte auf das Speichermodul in seiner Jacke. „Jetzt beginnt der wahre Kampf."

Kapitel 31 – Brisante Enthüllungen

Das flackernde Licht einer Tischlampe war die einzige Beleuchtung im kleinen, verlassenen Haus, das Novak ihnen als Unterschlupf angeboten hatte. Der muffige Geruch und die kargen Wände war allen Anwesenden egal, denn sie hatten die Augen gespannt auf den Laptop gerichtet. Mara entschlüsselte fieberhaft die gesicherten Daten. „Das ist der blanke Wahnsinn", murmelte sie und starrte auf die ersten Dokumente, die sich vor ihr öffneten. „Diese Dateien sind detaillierter, als ich erwartet habe." „Was hast du gefunden?", fragte Elias und trat näher. Mara scrollte durch endlose Tabellen, verschlüsselte Memos und Finanzprotokolle. „Hier sind Geldtransfers zu Offshore-Konten, Tarnfirmen und politische Einflussnahmen. Das alles führt zurück zu Aegis und es gibt Namen." Elias beugte sich über ihre Schulter. „Wessen Namen?" Mara zeigte auf die Liste. „Minister, Berater, hochrangige Beamte. Einige davon sitzen in Schlüsselpositionen der Regierung." Ein leises Pfeifen entwich Vargas Lippen. „Ich wusste, dass sie weitreichende

Verbindungen haben, aber das hier? Das ist eine Landkarte der Korruption." Novak nickte langsam. „Und es wird noch schlimmer. Scroll′ mal weiter, Mara."

Mara öffnete eine neue Datei. Es war ein internes Memo, das die Strategie von Aegis darlegte: Es ging um gezielte politische Manipulationen, Sabotage von Konkurrenten, und, was am meisten ins Auge stach, die Eliminierung von Personen, die eine Gefahr für das Netzwerk darstellten. „Operation Schattenfall", las Mara laut vor. „Das ist ihre Bezeichnung für diese Aktionen." „Hmh, Schattenfall", wiederholte Elias. „Was genau bedeutet das?" Novak verschränkte die Arme. „Das ist ihr Codename für gezielte Säuberungen. Jeder, der zu viel weiß, muss verschwinden. Journalisten, Insider, sogar Politiker." Die Stille im Raum war erdrückend.

„Wir haben genug Beweise, um sie auffliegen zu lassen", sagte Elias schließlich. „Damit können wir an die Öffentlichkeit gehen, die Medien einschalten und die Wahrheit verbreiten." „Nicht so schnell", warnte Varga. „Das Netzwerk ist größer, als ihr denkt. Wenn ihr das veröffentlicht, bevor wir alle Schlüsselpersonen identifiziert haben, werden sie die Spuren verwischen und euch jagen." „Dann brauchen wir noch mehr", sagte Mara entschlossen. „Etwas, das sie endgültig zu Fall bringt." „Genau", bestätigte Novak. „Und ich weiß, wo wir es finden."

Kapitel 32 – Der Köder wird ausgelegt

„Wir brauchen einen eindeutigen Köder, den sie nicht ignorieren können", sagte Novak, während er sich über den improvisierten Kartentisch beugte. „Etwas, das sie zwingt, ihre Schlüsselpersonen aus der Deckung zu holen." „Und wie stellen wir das an?", fragte Elias skeptisch. „Wir haben zwar Beweise, aber wenn sie Verdacht schöpfen, verschwinden sie noch schneller als wir sie finden können." Julian Varga grinste, ein Hauch von Verschwörung lag in seinen Augen. „Lasst mich das übernehmen. Ich kenne ihre Spielzüge und ihre Schwächen. Wir füttern sie mit einer Falschmeldung, die zu gut ist, als dass sie sie ignorieren können." „Was für eine Falschmeldung?", wollte Mara wissen. „Einen angeblichen Insider", erklärte Varga. „Jemanden, der sich bereit erklärt hat, auszusagen und alle Beweise preiszugeben. Wir lassen durchsickern, dass dieser Kontakt sich an einem bestimmten Ort trifft, aber natürlich ist das eine Falle." „Sie werden kommen, um ihn auszuschalten", fügte Novak hinzu. „Und wir werden sie dort erwarten."

Mara lehnte sich in ihrem Stuhl zurück, ihre Gedanken rasten. Dann sagte sie: „Das könnte funktionieren, aber wir müssen es perfekt timen. Wenn uns nur ein einziger Fehler passiert, dann werden sie wissen, dass wir sie in die Enge treiben."

„Ich werde die Nachricht verbreiten", sagte Varga. „Sie haben ihre Kanäle und ich habe meine. Aber keine Sorge, die Nachricht wird die richtigen Leute erreichen." Sie packten ihre Sachen zusammen und zogen los.

Kapitel 33 – Der Köder schnappt zu

Der Regen prasselte auf das Kopfsteinpflaster und ließ die Straßen in einem silbrigen Schimmer erleuchten. Das alte Backsteingebäude, das sie als Treffpunkt für den falschen „Insider" ausgewählt hatten, lag im angrenzenden Industrieviertel der Stadt. Sie hatten diesen Ort ausgewählt, weil er einsam und verlassen und damit perfekt für einen Hinterhalt geeignet war. Mara stand mit Elias und Novak im Hausflur des Gebäudes, versteckt hinter einer Wand. Durch ein kleines Fenster konnten sie so die Einfahrt gut im Auge behalten. Julian Varga befand sich auf dem Dach des Gebäudes gegenüber und beobachtete das nahegelegene Haus mit einem Fernglas. „Sie kommen", sagte Varga leise über Funk. „Es ist ein schwarzer SUV mit getönten Scheiben. Vier Männer steigen aus. Sie sind bewaffnet." „Verstanden", erwiderte Novak ebenfalls über Funk. „Bleibt da wo ihr seid und wartet." Die Männer bewegten sich mit militärischer Präzision. Einer blieb an der Einfahrt sehen, während zwei weitere die Umgebung absicherten. Der vierte betrat das Innere des Gebäudes. „Da ist der Anführer", flüsterte

Elias ehrfürchtig. „Das ist Carrick, einer ihrer Einsatzleiter."

Carrick bewegte sich langsam durch das Gebäude und seine Augen suchten zielgerichtet die Schatten ab. „Wo bist du, Du kleiner mieser Verräter?", rief er mit einer kalten, kalkulierenden Stimme. Mara spürte, wie ihr Puls sofort beschleunigte. „Noch nicht", sagte Novak ruhig. „Wir warten, bis sie sich sicher fühlen." Carrick zog ebenfalls ein Funkgerät hervor und sagte: „Alles klar. Ich habe verstanden. Wir holen ihn raus." Ein zweiter SUV fuhr vor und weitere Männer stiegen aus. Darunter befand sich ein Mann in einem eleganten Anzug, der auf den ersten Blick irgendwie fehl am Platz wirkte. Mara hielt gespannt den Atem an. „Das ist einer der Diplomaten, er nennt sich Weiss", flüsterte sie erschrocken. „Er ist direkt involviert." „Jetzt!", rief Novak ins Funkgerät. Varga hielt zusätzlich zum Funkgerät noch eine kleine Fernbedienung in der Hand, mit der er eine Taste drückte. Daraufhin fielen die Haupttore der Halle krachend zu und gleichzeitig tauchten Mara und Elias mit gezogenen Waffen aus der Dunkelheit ins Licht.

„Keinen Schritt weiter!", rief Elias. „Ihr seid umstellt!" Carrick reagierte blitzschnell. „In Deckung!", brüllte er scharf, während seine Männer das Feuer eröffneten. Kugeln prallten von den Wänden des Gebäudes ab, während Mara und Elias in Deckung gingen. „Hmh, das lief nicht ganz nach Plan!", rief Mara und warf Elias einen angespannten Blick zu. „Jetzt improvisieren wir!", antwortete er, bevor er eine Blendgranate aus seiner Tasche zog und sie mitten unter die Gegner warf. Ein gleißendes Licht erfüllte die Halle, gefolgt von einem ohrenbetäubenden Knall. Carrick und seine Männer taumelten, geblendet und orientierungslos, zurück.

„Los, wir müssen Weiss erwischen!", rief Novak. Mara sprintete vor und packte Weiss unsanft am Kragen. Sie drückte ihn gegen die Wand. „Das Spiel ist vorbei, Weiss. Jetzt ist es an der Zeit auszupacken oder wir sorgen dafür, dass die Beweise, die wir haben, an die Öffentlichkeit gelangen." Weiss blinzelte, sein Gesicht war kreidebleich vor Schreck. „Ihr versteht nicht.", stammelte er. „Ihr wisst nicht, mit wem ihr euch da anlegt." „Oh, das wissen wir genau", sagte Elias kalt, die Waffe auf den Kopf von Weiss gerichtet. „Und jetzt fangen Sie besser an zu reden."

Kapitel 34 – Die Falle schnappt zurück

Mara drückte Weiss noch fester gegen die Wand. „Also? Wer zieht wirklich die Fäden bei Aegis?" Weiss schnappte nach Luft und seine Augen flackerten nervös hin und her. „Ihr versteht es nicht. Ihr seid schon längst Teil eines Spiels, das ihr nicht gewinnen könnt." Plötzlich zischte ein Geräusch durch die Halle. Es klang wie das Sirren von Seilen, die sich über den Boden schwingen. Mara hob den Kopf und ihr Instinkt warnte sie eine Sekunde zu spät. „Dort oben!", rief Elias überrascht, doch da waren sie schon da: Dunkle Gestalten, die sich lautlos von der Decke abseilten. Das waren die Agenten von Aegis, perfekt ausgebildet, schnell und tödlich. „Rückzug!", rief Novak, während das Gebäude in ein Chaos aus Blitzlichtern und Funksprüchen gehüllt wurde. Ein Meer aus Kugeln durchbrach die Stille, während Mara und Elias in Deckung hechteten. Weiss nutzte das Durcheinander für sich und rief höhnisch: „Ihr habt verloren!" Zwei Bodyguards packten Weiss daraufhin und zerrten ihn in Richtung eines Nebenausgangs. Mara sprang auf. „Nein! Wir dürfen ihn nicht entkommen lassen!" Varga tauchte neben ihr auf und seine Augen blitzten vor Anspannung. „Wir sollten uns neu aufstellen und ihm nach gehen. Aber bitte klug und nicht nicht kopflos."

„Los, hier entlang!", befahl Novak und führte die drei durch einen Seitengang. Das Echo der Schüsse verklang, doch das die Situation blieb weiter angespannt. Sie erreichten den Ausgang gerade rechtzeitig, um zu sehen, wie Weiss in einen schwarzen Helikopter gezogen wurde. Die Rotoren drehten sich bereits „Er entkommt!", knurrte Elias, als der Helikopter abhob und in die Dunkelheit der Nacht verschwand. „Er war unser Schlüssel!"

„Wir haben noch eine Chance", murmelte Varga und hielt eine kleine elektronische Vorrichtung hoch. „Ich habe ein GPS-Signal an seiner Jacke angebracht. So wissen wir zumindest, wohin er fliegt." Mara atmete tief durch, die Spannung fiel nur langsam von ihr ab. „Wir hatten ihn doch fast.", sagte sie sichtlich enttäuscht. „Fast ist doch gut", sagte Novak aufmunternd mit einem schiefen Lächeln. „Wir tasten uns langsam vor, denn jetzt ist die Jagd wirklich eröffnet."

Kapitel 35 – Strategische Planung

Das dumpfe Brummen des GPS-Gerätes hallte durch den Raum, während Mara gebannt auf den Bildschirm starrte. Der rote Punkt bewegte sich über die digitale Karte und blieb schließlich über einem abgelegenen Industriekomplex stehen. „Hier haben sie ihn hingebracht", sagte Varga und vergrößerte die Ansicht der Karte. „In eine verlassene Fabrikanlage außerhalb der Stadt. Sie ist perfekt geeignet für ein verstecktes Hauptquartier von Aegis International." Elias lehnte sich über die Karte und konstatierte: „Verlassene Anlage, gute Fluchtwege, viele blinde Stellen. Das ist kein Zufall. Sie haben diese Orte mit Bedacht gewählt." „Die Frage ist doch Folgende: Wie kommen wir da hinein, ohne direkt in eine Falle zu tappen?", fragte Mara. „Wir müssen ihr Sicherheitssystem analysieren", schlug Novak vor. „Ich kann versuchen, über ein externes Netzwerk

Zugang zu bekommen. Wenn wir ihre Überwachungsprotokolle aushebeln, können wir uns in der Dunkelheit fortbewegen." „Und wenn das nicht klappt?", fragte Elias skeptisch. „Dann haben wir Plan B", erwiderte Varga mit einem schiefen Grinsen. „Denn wer keinen Plan B hat, ist selber schuld."

Mara ließ den Blick durch den Raum schweifen. Die Luft wog schwer und energiegeladen aufgrund der Anspannung, aber zugleich spürte sie auch diese seltsame Entschlossenheit, die in der Atmosphäre lag. Denn trotz all der Rückschläge waren sie jetzt näher an der Wahrheit dran als jemals zuvor. „Okay", sagte sie schließlich. „Wir sammeln alles was wir über das Gelände wissen und schlagen dann zu. Wir sind gut vorbereitet. Diesmal lassen wir keinen entkommen."

Kapitel 36 – Der digitale Schlüssel

Novak saß vor seinem Laptop, die Finger flogen nur so über die Tastatur, während endlose Zeilen eines Computer-Codes über den Bildschirm rollten. „Das ist keine gewöhnliche Sicherheitssoftware", murmelte er, seine Stirn war konzentriert in Falten gelegt. „Aegis hat das System verschlüsselt und zwar auf allen Ebenen." „Kannst du es knacken?", fragte Elias und lehnte sich an den Tisch, die Anspannung in seiner Stimme unüberhörbar.

„Natürlich kann ich das", sagte Novak und schenkte ihm ein schiefes Grinsen. „Aber es wird nicht leise ablaufen. Sobald ich drin bin, haben wir maximal 20 Minuten, bevor sie merken, dass jemand im System ist." Mara verschränkte die Arme. „20 Minuten reichen. Wir benötigen Zugang zu den Überwachungskameras, zu den Zugangscodes und am besten noch einen Grundriss der Anlage." „Verstanden", sagte Novak und begann, die ersten Barrieren zu durchbrechen. „Ich starte einen kryptisch-analytischen Angriff auf den Primärserver. Wenn wir Glück haben, finden wir eine Schwachstelle."

Die Sekunden zogen sich dahin wie Stunden, während das System seine Angriffe abwehrte. Plötzlich blinkte ein grünes Symbol auf dem Bildschirm. „Ich bin drin", sagte Novak triumphierend. „Ich greife jetzt auf die Überwachungskameras zu. Hier, schaut!" Ein Dutzend Bilder tauchten auf dem Monitor auf und zeigten verschiedene Winkel der verlassenen Fabrikhalle. Bewaffnete Männer patrouillierten durch die Gänge und versteckte Sensoren blinkten in der Dunkelheit. „Das ist eine verdammte Festung", murmelte Elias. „Sie erwarten uns." „Dann geben wir ihnen, was sie erwarten, aber zu unseren Bedingungen", sagte Mara entschlossen. „Novak, lad´ die Pläne der Anlage herunter. Und finde heraus, ob wir die Sensoren deaktivieren können." Novak nickte, doch plötzlich flackerte der Bildschirm. Eine rote Warnmeldung erschien: „Zugriff erkannt – Gegenmaßnahme aktiviert." „Mist!", rief Novak. „Sie haben uns bemerkt. Ich brauche mehr Zeit, um die Verbindung zu kappen, sonst verfolgen sie unsere Spur." „Wie viel Zeit?", fragte Varga, während er bereits zum Fenster ging, um die Straße zu checken. „Keine Ahnung, vielleicht drei Minuten, wenn ich schnell bin." Mara atmete tief durch. „Du hast zwei. Danach ziehen wir den Stecker."

Novak konzentrierte sich wieder auf den Bildschirm, während die Sekunden gnadenlos herunter tickten. „Noch ein bisschen mehr", murmelte er und dann tauchte ein letztes kurzes Blinken auf dem Bildschirm auf. „Geschafft! Ich habe die Pläne, und die Verbindung ist gekappt." „Und wie ist unsere Position?", fragte Elias. „Unauffindbar. Jedenfalls für den Moment." Mara warf einen Blick auf den heruntergeladenen Grundriss. „Jetzt haben wir alles, was wir brauchen. Zeit, unseren Plan zu Ende zu bringen."

Kapitel 37 – Das Eindringen

Dichte Wolken zogen über den Himmel und tauchten die verlassene Fabrikanlage in ein unheimliches Zwielicht. „Die Sicherheitsroutinen folgen einem festen Muster", flüsterte Novak und zeigte auf den Bildschirm des Tablets. „Das gibt uns ein Zeitfenster von genau fünf Minuten zwischen den Patrouillenwechseln." „Wir müssen präzise sein", fügte Varga hinzu, während er seine Jacke zurecht rückte. „Ich nehme den Ostflügel. Mara und Elias, ihr geht über die Nordseite." „Und bitte seid vorsichtig. Wir brauchen keine Heldentaten", warnte Mara und warf allen einen durchdringenden Blick zu. „Wir treffen uns in der zentralen Kontrollstation." Elias nickt ihr kurz zu, dann lösten sie sich alle in die Dunkelheit auf.

Mara und Elias – Die Nordseite

Elias und Mara huschten von Deckung zu Deckung, die Schatten waren zum wiederholten Male ihre besten Verbündeten. Der Wind trug das leise Knirschen ihrer Schritte über den Kies, doch die Fabrik blieb still. Ein leises Klicken ertönte, als Elias die Zugangstür mit einem kleinen Gerät bearbeitete. Sekunden später öffnete sie sich mit einem kaum hörbaren Summen. „Ich liebe dieses Ding", murmelte Elias und grinste. „Ja, aber bleib´ mal auf dem Teppich, denn wir sind noch nicht in Sicherheit", erwiderte Mara mahnend, während sie sich ins Innere der Fabrikanlage vorarbeiteten.

Der Flur lag lang und düster vor ihnen, nur vereinzelte Notbeleuchtungen warfen ein mattes, flackerndes Licht in ihn. Über ihren Köpfen surrten die Sicherheitskameras leise, doch dank Novaks gekonntem Hackerangriff waren sie für andere unsichtbar. „Noch hundert Meter bis zur Zentrale", sagte Elias und hielt die Waffe griffbereit. Sie erreichten eine Abzweigung, als plötzlich knarrend eine Tür aufsprang und zwei Wachen, die Zigaretten in der Hand hielten, freigab. „Wir müssen uns verstecken!", zischte Mara und zog Elias zurück in die Nische eines Versorgungsschachts.

Die Schritte der Wachen kamen näher. Die klackenden Stiefel der Wachen hallten wie ein unheilvolles Echo durch den Gang. Elias hielt gespannt die Luft an, seine Hand umklammerte den Lauf seiner Waffe. Eine Sekunde verstrich´, dann zwei. Die Wachen hielten inne, warfen einen flüchtigen Blick in ihre Richtung und gingen wieder in den Raum hinein. Mara wartete, bis die Schritte verklangen. „Fast hätten sie uns gehabt." „Gewöhn´ dich dran", murmelte Elias. „Das hier wird noch ein langer Abend."

<u>Varga – Der Ostflügel</u>

Über Funk meldete sich Varga mit entspanntem Tonfall zurück. „Ich bin an meiner Position angelangt. Die Kontrollstation ist gesichert. Kommt zu mir." „Verstanden", antwortete Mara. „Wir sind gleich da."

Kapitel 38 – In der Löwengrube

Die Tür zur Kontrollstation glitt lautlos auf. Drinnen summten Monitore und das bläuliche Licht warf gespenstische Schatten an die Wände. Varga stand mit verschränkten Armen vor dem zentralen Terminal, ein siegessicheres Lächeln auf den Lippen. „Willkommen im Herzen von Aegis", sagte er und deutete auf den Bildschirm. „Hier laufen alle Überwachungsdaten zusammen. Wenn Aegis etwas verbirgt, dann finden wir es hier." Mara trat vor und ließ ihren Blick über die unzähligen Datenströme gleiten. „Novak, kannst du das System wieder übernehmen?"

Novak setzte sich sofort an die Konsole, seine geschäftigen Finger flogen nahezu über die Tastatur. „Gib mir ein paar Minuten. Ich lade die Protokolle runter und suche nach ihrer internen Kommunikation." „Beeil dich", sagte Elias und spähte nervös zur Tür. „Das System ist zu gut gesichert. Früher oder später werden sie merken, dass wir hier sind." Novak nickte und man sah seinem Gesicht deutlich an, wie angespannt er war. „Ich bin fast da, nur noch ein bisschen." Ein Fenster öffnete sich auf dem Hauptmonitor. „Da ist es", sagte er triumphierend. „Interne Nachrichten, verschlüsselte Befehle und, oh, das ist interessant." „Was?", fragte Mara und trat näher. „Eine Liste von Regierungsbeamten. Zum Beispiel David Raines, ein hohes Tier der Regierung, der regelmäßig mit Aegis kommuniziert. Hier geht es um verschlüsselte Meetings, Geldtransfers und geheime Operationen." „Beweise für ihre Verbindungen", murmelte Elias und ließ die Informationen auf sich wirken. „Das ist unser Schlüssel, um sie alle zu Fall zu bringen."

Plötzlich ertönte ein leises Piepen vom Terminal. Eine rote Warnmeldung flackerte auf. „Was ist...?", begann Novak, doch dann hielt er inne. „Alarm ausgelöst! Sie haben uns entdeckt!" Die Monitore wechselten zu einer Live-Übertragung. Überall im Gebäude waren Aegis-Agenten in Bewegung und hatten ihre Waffen im Anschlag. Ihre Schritte waren zielstrebig auf die Kontrollstation gerichtet. „Wir müssen hier sofort raus!", rief Varga und zog seine Waffe. „Das wird ein heißer Abgang." „Wie weit bist du mit dem Download?", fragte Mara, während sie ihre Pistole entsicherte. „Noch 30 Sekunden. Ich kann die Übertragung nicht abbrechen, sonst verlieren wir alles." „Dann halten wir sie auf", sagte Elias entschlossen. „Egal, was kommt."

Kapitel 39 – Schattenjagd

Das unaufhörliche Piepen des Alarms wurde lauter und dröhnte durch die Hallen der alten Fabrikanlage. Novak rammte einen USB-Stick in die Konsole und zog ihn hastig wieder heraus. „Der Download ist abgeschlossen! Los, wir müssen weg!" „Wir können nicht durch den Haupteingang", sagte Varga und warf einen Blick auf die Überwachungskameras. „Sie rücken von allen Seiten vor." Mara deutete auf eine Notfallkarte, die sie eingesteckt hatte und sagte: „Es gibt einen Wartungstunnel direkt unter der Anlage. Wenn wir ihn erreichen, können wir durch das Abwassersystem entkommen." „Klingt charmant", murmelte Elias und schulterte seinen Rucksack. „Na, dann lasst uns gehen."

Kapitel 40 – Fluchtversuch in die Tunnel

Sie huschten hinaus in den Korridor, ihre Schritte waren leise und ihre Waffen hielten sie einsatzbereit in der Hand. Aus der Ferne hallten Befehle und das Stampfen schwerer Stiefel durch die Gänge. „Schnell, hier entlang", flüsterte Varga und führte sie durch eine Seitentür. Plötzlich blitzten Taschenlampen durch den Gang hinter ihnen, begleitet von lauten Stimmen. „Sichtkontakt! Sie sind hier irgendwo! Trennen wir uns und durchkämmen das Gebäude!" Mara presste sich an die Wand, das Herz raste in ihrer Brust. Sie konnte den Atem der Verfolger hören, als drei Agenten direkt an ihnen vorbeiliefen. Endlich entfernten sich die Schritte. „Jetzt!", flüsterte Elias.

Die vier schlüpften durch eine schmale Tür in den unter dem Gebäude befindlichen unterirdischen Tunnel. Die Wände waren hier glitschig und feucht und es roch nach altem, abgestandenem Wasser. Das hallende Echo ihrer Schritte begleitete sie durch das Labyrinth aus Gängen. „Bleibt wachsam", warnte Varga. „Wenn sie uns hier unten erwischen, gibt es kein Entkommen mehr." Ein metallisches Klappern ließ sie innehalten. Elias hob die Hand und die vier blieben stehen und schauten sich um.

„Was war das?", flüsterte Mara. Aus einem Seitentunnel leuchtete ein grelles Licht auf. „Runter!", zischte Varga und zog sie in einen dunklen Nischenbereich. Ein Trupp Aegis-Agenten tauchte auf und einer der Männer rief: „Sie müssen hier irgendwo sein". „Sucht weiter!" Einer der Agenten blieb direkt vor ihrem Versteck stehen, die Taschenlampe schweifte nur wenige Zentimeter an Maras Gesicht vorbei. Sekundenlang wagte niemand zu atmen. Dann bewegte sich der Agent weiter und das Licht verschwand wieder in der Ferne.

„Das war verdammt knapp", murmelte Novak, als sie wieder aus dem Schatten auftauchten. „Wir sind noch nicht draußen", sagte Elias. „Macht schnell, der Ausgang ist nicht mehr weit."

Kapitel 41 - Das letzte Hindernis

Sie erreichten nach einer gefühlten Ewigkeit, in dem sie den Gang entlangliefen, eine Luke die ins Freie führte. Elias zog mit aller Kraft daran und sie öffnete sich langsam mit einem schrillen Quietschen. Ein kalter Nachtwind schlug ihnen entgegen und der Hafen lag wieder direkt vor ihnen. „Wir haben es fast geschafft", sagte Mara mit der Spur von Erleichterung in ihrer Stimme. Doch noch bevor sie den nächsten Schritt machen konnte, flackerten die Scheinwerfer auf. Ein Mann rief lauthals: „Da sind sie!" Und Elias rief den anderen panisch zu: „Lauft!", während sie über das Hafengelände stürmten. Kugeln pfiffen hinter ihnen her und die Geräusche der Verfolger wurden stetig lauter. Elias, Mara, Varga und Novak sprangen in ein kleines Boot, welches am Pier lag und sanft im Wasser hin und her schaukelte.. Varga startete den Motor und sie glitten hinaus auf das dunkle Wasser, während die Scheinwerfer am Ufer zurückblieben. Eine gespenstische Stille kehrte ein, nur das Brummen des Motors und das sanfte Plätschern der Wellen begleiteten sie. „Wir haben es geschafft", sagte Elias schwer atmend und ließ sich auf die Bank im Boot fallen.

Kapitel 42 – Wahrheit und Verrat

Die Motoren des kleinen Bootes verstummten, als sie eine abgelegene Bucht erreichten. Die Dämmerung hatte das Wasser in kühles Grau getaucht und das leise Rauschen der Wellen war das einzige Geräusch, was zu hören war. Mara legte den USB-Stick auf den Tisch in der kleinen Kabine. „Das ist alles, was wir brauchen, um Aegis zu Fall zu bringen." Novak überprüfte die Daten ein letztes Mal. „Die Beweise sind wasserdicht. Kontobewegungen, geheime Absprachen mit Regierungsbeamten, verschlüsselte Befehle für verdeckte Operationen. Aegis kann sich da nicht mehr herauswinden." „Dann schicken wir es sofort an unsere Kontakte", sagte Elias entschlossen. „Sobald das an die Öffentlichkeit geht, ist das Spiel für sie vorbei."

„Langsam", unterbrach Varga. Seine Stimme war ruhig, aber sein Blick verriet eine unterschwellige Spannung. „Wir sollten das sorgfältig überlegen. Wenn ihr das veröffentlicht, wird es Chaos geben. Manche dieser Leute sitzen an den höchsten Stellen der Macht. Seid ihr bereit, diesen Schritt zu gehen?" Mara sah ihn lange an. „Es gibt kein Zurück mehr. Die Wahrheit muss ans Licht." Ein kurzes Schweigen lag zwischen ihnen, dann nickte Varga langsam. „In Ordnung. Ich stehe hinter euch." Novak begann, die Daten an mehrere verschlüsselte Server zu senden. „In fünf Minuten ist alles draußen."

Kapitel 43 - Der letzte Angriff

Plötzlich flackerte das Licht in der Kabine. Ein dumpfer Knall erschütterte das Boot, und draußen dröhnten Schritte. „Sie sind hier", rief Elias und zog seine Waffe. Eine Explosion riss die Tür auf und die Agenten von Aegis stürmten herein. Kugeln prallten an den Wänden ab, während Mara und Elias in Deckung gingen. „Wir müssen das Boot verlassen!", schrie Novak. Varga feuerte präzise Schüsse ab und schuf eine kurze Atempause. „Ihr müsst rauf an Deck! Ich halte sie auf!" Mara zögerte und rief zu Varga: „Komm´ mit!" „Nein, ich versuche sie aufzuhalten und gebe euch Deckung. Jetzt lauft!"

Elias, Mara und Novak rannten über das schwankende Deck als eine weitere Explosion das Boot erzittern ließ. Zündelnde Flammen ragten an der Reling des Bootes empor und kurz bevor die drei ins Wasser sprangen, drehte sich Mara noch ein letztes Mal zu Varga um, der fest entschlossen für sie weiter kämpfte. Für einen Moment trafen sich ihre Blicke, dann verschwand er wieder in der Dunkelheit der Kabine. Das eiskalte Wasser umschloss sie und es wurde still um sie herum.

Kapitel 44 - Das Ende einer Ära

Mara, Elias und Novak erreichten zitternd das Ufer. Sie waren völlig erschöpft, aber hatten es lebend geschafft zu entkommen. Am Horizont zeichnete sich das brennende Boot gegen den Morgenhimmel ab. „Ist es vorbei?", fragte Elias und atmete schwer. Mara nickte langsam. „Die Daten sind draußen. Sie können uns nicht mehr aufhalten." Novak erschien neben ihnen. Er war durchnässt, aber es ging ihm gut und er hatte ein zufriedenes Grinsen im Gesicht. „Die Medien haben bereits angefangen, die Berichte zu verbreiten. Aegis wird nicht wissen, wer dahinter steckt." „Und Varga?", fragte Elias und sah zurück aufs Meer. Es folgte ein trauriger Moment der Stille. „Er hat getan, was er tun musste", flüsterte Mara. „Er spielte wohl sein eigenes Spiel, bis zum Schluss."

Die drei hörten Polizeisirenen in der Ferne. Das Ende war nah, doch für Mara und Elias war es zugleich ein Neuanfang. „Bist Du bereit?", fragte Elias und reichte ihr die Hand. Mara nahm sie dankend und lächelte leicht. „Ja, lass uns gehen." Gemeinsam traten sie die ersten Schritte in eine ungewisse Zukunft an. Mit dem kleinen Unterschied, dass sie nun freie Menschen waren, mit der Wahrheit an ihrer Seite.